책 읽다 절교할 뻔

구선아 × 박훌륭

예고 없이

서로에게 스며든

책들에 대하여

책 읽다 절교할 뻔

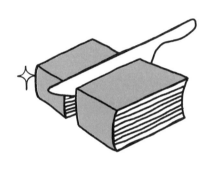

그래
도봄

이 책은 지루함을 참지 못하는 두 명이 책과 뒤엉켜 사는
생활에 대해 주고받은 편지입니다. 처음엔 취향이 너무 다른
우리가 서로를 못살게 굴고자 시작한 일이에요. 하지만 편지를
주고받으며 '아, 내가 책 이야기하는 걸 정말 좋아하는구나!'
다시 알게 되었습니다. 그렇게 장마와 장마 사이 주고받은
편지엔 함께 읽는 기쁨, 좋아하는 작가에 대한 애정, 책에 관한
고민과 책방 운영의 고단함, 생활의 덜컹거림, 쓰는 사람의
시간이 담겨 있습니다.

둘은 책방을 운영하며 읽고 쓰고 나누는 일을 하고 있는데요.
돌이켜보니 둘 다 그 모든 것의 처음은 읽는 일이었습니다.
물론 여전히 현재진행형이고요. 감히 앞날을 예상하자면 이번
생에는 계속할 일이기도 합니다.

책은 여름날 쓴 편지의 제목처럼 혼자가 아니라는 사실을 알게
해줍니다. 또 세상과 연결하고 삶의 많은 것을 함께하고요.
특히나 저는 읽으면서 '나'를 인식하고, 타자와 공동체를
생각하고, 불안과 불행을 건너고, 어린이를 자라게 하고,
이런과 읽음을 긴긴하고, 할 수 있는 인배 미고 싶은 일의

경계를 걷게 합니다. 삶의 가치와 해결하지 못할 문제들도 지나게 했고요. 이제 읽는 일이 돈 버는 일과도 자기실현과도 관계되었네요.

더구나 책은 사람과 사람을 연결합니다. 무척 사람을 가리는 저에게 여러 동료와 좋은 사람을 만나게 한 것도, 저와 박홀륭 작가를 연결해준 것도 책이었고요. 지금 우리와 여러분을 연결하는 것도 책입니다.

이 책에 등장하는 책은 모두 좋은 책이지만, 모두에게 좋은 책은 아닐지도 모르겠습니다. 저희 두 사람에게 시의적절하게 찾아와 읽은 또는 읽힌 책들입니다. 어느 책이든 여러분 삶의 한 시절에 맞닿길 바랍니다. 읽는 일이 사람들이 말하는 성공을 가져오진 못해도 매일의 곳곳에 작은 기쁨을 놓아주니까요. 이 책도 어딘가에 연결되길 바라봅니다.

구선아 씀

Contents

구
선아

박
훌륭

1st Letter

구
선아

우리가

교환편지를 쓰게 된

이유

박
훌륭

이제 본격 여름입니다. 장마도 지나고 있고요. 장마가 지나면 나무와 숲도 더 초록초록 짙어지겠죠. 전 비 온 다음 날엔 숲을 떠올려요. 굵은 빗방울이 떨어질 때의 소리와 비가 그친 후 옅게 안개 낀 숲을 좋아하거든요. 그때의 숲은 여름비 냄새와 숲의 냄새와 흙의 냄새가 온통 뒤엉켜 있어요. 냄새에 취해서인지 한참 쇼건을 걸어도 덥지 않고요. 목덜미 뒤로 떨어지는 땀도 전혀 불쾌하지 않아요. 비 오는 날을 싫어했다가 어느 날 이후로 좋아했어요. 며칠씩 비가 오면 이때다 싶어 책 몇 권에 영화 몇 편 쌓아두고 보는 즐거움 때문이었죠.

자연스레 과거형 문장으로 쓰고 있네요. 책방을 운영하고부터는 비가 오는 날이면 책방에 물이 샐까, 책이 습습한 공기를 머금게 되지는 않을까 걱정하게 됩니다. 지금은 비 오는 날을 좋아해도 기다리진 않아요. 특히 여름비요.

첫 편지는 이렇게 80~90년대 편지처럼 날씨 이야기로 시작해봤습니다. (웃음)

우리가 매일 메시지를 주고받으니까 훌륭 님이 "우리도 그런 거 합시다, 교환편지"라고 했죠. 그리고 얼마 지나지

11

않은 오늘. 진짜 이렇게 편지를 쓰네요. 펜팔 기분도 나고
새롭습니다. 아마 누군가는 펜팔이라는 단어가 낯설겠죠?
실시간으로 메시지를 주고받는 게 당연한 시대이니까요.
기억나요? 우리 때는 월간잡지 맨 뒤에 펜팔 친구 찾는
페이지가 따로 있었잖아요. 지금은 상상할 수 없는 일이죠.
주소와 연락처의 이름, 나이를 모두 공개하며 펜팔 친구를
찾다니. 저는 그 페이지에 제 이름을 올려 공개적으로
친구를 찾은 적은 없지만, 누군가에게 편지를 썼던 기억이
있습니다. 누구였는지 어떤 내용이었는지 왜 그랬는지는
기억나지 않지만요.

훌륭 님을 처음 알게 된 건 2020년 여름이었어요. 실제로
만난 건 2021년 봄이었고요. 책방에 몰래 들르셨다가
이름 때문에 정체를 들키셨죠. 쉽게 숨겨질 이름이
아니잖아요. 이후 몇몇 책방과 책 행사에서 만나면서
교류가 잦아졌지요. 아시는 것처럼 전 내향적이고 내성적인
성격에 낯 가리는 아니, 사람을 무척 가립니다. 행사장에서
몇 번 만났다고 새로운 관계를 맺는 사람은 아니에요.
친해지고 싶은 사람이 있어도 먼저 말을 걸거나 하지도
않아요. 그런데 어쩌다가 우리가 이렇게 편지까지 주고받는
사이가 됐을까요? 참 신기해 곰곰이 생각해봤어요. 여러
가지가 있겠지만 그중 하나는 나와 훌륭 님 모두 지루함을

참지 못한다는 거예요. 그리고 지루함을 극복하기 위해
쾌락적인 자극제보다 생산적인 오락을 합니다. 이를테면 책
읽기와 글쓰기, 누가 시키지 않아도 스스로 각종 이벤트와
일거리를 만들죠.

지난 만남 때 게임스 댄끼드, 존 D. 이스트누드의
『지루함의 심리학』을 읽고 있다며 "지루하다는 것은 현재
우리의 기본적인 심리적 욕구가 제대로 충족되지 못하는
상태"이며, "우리 마음이 지금 하는 일이 잘못됐다고
알려주는 신호"라고 했지요. 그 이야기를 들으며 아,
그래서 난 외로움이나 권태감을 느끼거나 하물며 바쁘게
무언가를 할 때 새로운 걸 하고 싶은 충동을 느끼는구나,
생각했어요. 지루함이란 할 일이 없거나 하고 싶은 일이
없을 때 느끼는 게으른 감정이라고 여겼었는데. 그 감정은
단순한 게으름이나 무기력함이 아닐 수도 있겠더라고요.
아름다움처럼 지루함도 사람마다 다르게 찾아오나 봐요.
지루함에서 빠져나오는 방법도 사람마다 다르고요. 아마
훌륭 님과 전 지루함을 비슷한 이유로 느끼고 비슷한
방법으로 빠져나오는지도요.

그날 이후 『지루함의 심리학』을 읽고 있어요. 지루함에 관해
고대부터 기록되어 있다니 놀랍더라고요. 정말 사람들은

지루함을 싫어하나 봐요. 알고 보면 지루함 때문에 놀이와
예술과 문학이 발전했나 봅니다. "지루함은 욕망에 대한
욕망(『안나 카레리나』)"처럼 "욕망을 바라는 탓에 마음이
어수선하고 동요하는 상태"라니. "지루함은 행동하라는
요구이자 적극적으로 참여하라는 신호"였던 거예요. 삶의
유의미한 삼성이있던 서쇼. 니준나니 이들 삽 빼8하고
반응하면 나에게 필요한 자극이 되고 골치 아픈 결과를
피하게 된다고 하니까요. 이제껏 내 몸과 마음에서 오는
신호를 알아차리지 못하고 지나친 게 아주 많았을 거예요.

살면서 지루함은 또 다른 이름으로 찾아오겠죠. 삶에
있어서 많은 고뇌와 고통과 실패와 좌절과 불안 그리고
막막함을 비켜갈 수 없으니까요. 비켜갈 수 있다면 혹은
도망갈 수 있다면 전 그러고 싶어요. 하지만 이젠 그럴 수
없다는 걸 깨달은 나이가 되었어요. 그럼에도 불구하고
생각보다 인생은 참 재미있다는 것도요. 재밌는 일 많이
하고 삽시다. 아마 우리가 재밌다고 느끼는 공통된 일 중
제일이 읽고 쓰는 일이겠죠. 책방 운영자로서 독자로서 글
쓰는 사람으로서도요.

훌륭 님이 인스타그램에 소개하거나 리뷰를 올리는 책을
보고 어리둥절 내지는 난 저 책은 도저히 못 읽겠군, 하는

구
선아

14

박
훌륭

책이 많았어요. 평소 내가 읽지 않는 책 장르나 앞으로도 읽지 않을 책이 많더라고요. 그래서 책 읽기와 글쓰기 생활에 관해 교환편지를 쓸 때 우리가 과연 어떤 이야기를 나눌까? 의문을 가졌죠. 하지만 그렇기에 더 재밌을 것도 같아요.

참, 요즘 춤을 주제로 한 청소년 단편소설을 쓴다고 들었습니다. 마감이 얼마 남지 않았을 거로 예상하고요. 읽기보다 쓰기에 집중하고 있으실 테죠. 전 써야 할 게 많을 때 좋은 책이 더 잘 보이고 더 잘 읽히더라고요. 학창 시절 시험 기간에 책을 읽고 싶어지는 마음과 같은 걸까요? 매우 급한 상황에서의 읽기는 정말 최선으로 골라 읽을 수밖에 없잖아요. 집중도 좋아지고요.

그럼 또 다른 쓰기 거리를 안겨드리면서 마칩니다.

박
훌륭

무언가를

교환한다는 것

친애하는 선아 님께,

로 시작하고 싶지만 '친애하는'이라는 말은 좀
낯간지럽네요. 땅 밑으로 숨고 싶은 기분입니다. 선아 님이
말씀하셨듯 우리의 낯 가리는 성향상 이렇게 자주 연락하고
아이디어를 교환한다는 건 서로에게도 드문 일이라
생각합니다. 아시다시피 저도 이제 나이를 먹으면서 굳이
안 맞는 사람과 관계를 지속하는 일에 지쳤거든요. 이건
우리 사이에 뭔가 공통적인 성향이 존재한다는 방증이네요.

첫 편지이니 가볍게 시작하려고 했는데 벌써 책 이야기를
꺼내셨네요. 그래서 저는 선아 님을 처음 만났을 당시를
떠올려보았습니다. 선아 님은 모르는 저만 아는 비공식
첫 만남이었죠. 5~6년 전에 책 관련 잡지에서 선아 님의
칼럼을 읽었습니다. 거기엔 선아 님 사진도 있었고요.
책방 연희에서 선아 님이 쓴 책을 구매하고 사인해달라고
한 이유는 저를 못 알아보시길래 일부러 제 이름을
이야기한 거였어요. 그 사이 많은 시간이 흘렀지만 선아
님은 여전히 누리호 같은 추진 에너지로 저를 놀라게 하고
있습니다.

우리가 주고받는 편지의 목적은 서로에게 '책'을 추천하고

여건이 된다면 함께 읽고 이야기 나누는 것에 있지요.
그래서 저의 고민 아닌 고민을 잠깐 털어놓겠습니다.
아시다시피 우리가 속한 책 시장은 상당히 희한합니다.
연간 많이 팔리는 책에는 소설이나 에세이가 있긴 하지만,
의외로 문학이라는 장르가 소규모 시장이라는 걸 책방을
하나 알게 되었지요. 그런데 동네 책방을 찾는 손님든이
대부분은 문학 장르를 선호합니다. 마치 키즈 카페에
넘쳐나는 아이들을 보며 '아니, 아이들이 이렇게 많은데
무슨 저출산이라는 거야?'라고 생각하는 것과 비슷합니다.
동네 책방에서 꽤 반응이 있는 책이 전체 책 시장에서는
거의 반응이 없는 경우도 빈번하니까요.

저는 선호하는 장르가 따로 없습니다. 이건 장단점이
분명한 사안인데, 장점이야 두루두루 읽는다는 것이겠고
단점은 하나의 장르에 전문적이지 못하다는 거지요. 문학도
예외가 아닙니다. 그래서 책방을 시작할 때 '문학을 많이
취급해야 하는 거 아닌가? 에이, 설마 이 작은 책방에
책 사러 많이들 오시겠어?'하며 어떤 책을 들여놓을지
고민했습니다. 특히 제가 잘 모르는 작가에 대해 물어오는
손님들을 만날 때면 그 고민은 더 깊어집니다.

사실 책방지기라고 해서 모든 작가를 다 알 수는 없잖아요.

구
선아

전 지금 제 사촌 동생 이름도 잘 기억 못 하는데 말이죠. 5년 동안 꽤 시행착오를 거쳐 얻은 중간 결론은 동네 책방은 모든 책을 다룰 필요는 없다는 겁니다. 저도 책 욕심이 누구보다 많아서 초반에는 모든 장르의 책을 다 갖추고 있었지요. 하지만 5년 전에 들여놓은 경제서를 아무도 들춰보기 않는 걸 지기고면시 시시히 세가 읽늘 색반 갖나 놓게 되었습니다.

선아 님은 어떠세요? 선호하는 장르가 있나요? 어떤 작가를 좋아하나요? 아! 선아 님과 저의 공통점 하나가 생각났습니다. 선아 님도 로베르트 발저를 좋아해 그의 산문집 『산책자』를 읽은 것으로 압니다. 이 책이 호불호가 있는 책인데도 선아 님이 『산책자』를 좋아한다는 걸 알고서 더 친근감을 느끼게 되었지요. 로베르트 발저의 글에서 어떤 매력을 찾으셨는지 궁금합니다. 저는 그의 시선이 좋았어요. 평범한 사물 하나하나에도 꼼꼼함을 갖춘 작가의 눈길에 매료되었습니다. 우리는 대부분 "평범하게 살고 싶다"고 하지만 엄밀히 따지자면 여기서의 '평범'은 그런 의미가 아니잖아요? 예를 들면 아래와 같은 문장입니다.

> "침대는 아무 문제가 없어 보이는군. 그렇다면
> 잠자리를 꼼꼼히 조사하는 일은 생략할 것이고,

생략해야겠어. 참으로 이상하고도 으스스한
모자걸이를 봤다고 일단 기록해두자. 저쪽 세면대에
달린 거울은 내 모습이 어떤지 매일 충실하게 일러줄
테지. 기왕이면 거울이 나를 비추는 모습이 늘
호의적이었으면 좋겠는데. 소파는 낡아서 안락하고
편안하군."

박
훌륭

『산책자』, 한겨레출판, 13쪽

어떤가요? 평범하면서도 나와 내 공간에 대한 이해가 담긴
시선 아닌가요? 참, 조르주 페렉도 좋아하시는 걸로 알고
있어요. 저도 그렇습니다. 페렉의 시선도 발저와 흡사한
부분이 많죠. 일상의 평범한 사물과 시간들이 그냥 흘러가
잊히는 게 안타까워 집요하게 모든 것을 목록화하고 나열한
페렉이 독특하지만 재미있습니다. 그래서 진짜 좋아하는
작가 베스트 3은 누구입니까? (박훌륭 미리 제외)

저는 요즘 마감의 시절을 보내고 있습니다. 실제로 5년간
가장 많은 마감이 눈앞에 있어요. 그래서 지금 시각, 정확히
밤 11시 24분인데, 책방 시작하고 처음으로 노트북을 집으로
가져와서 이 글을 쓰고 있습니다.
아, 알아달라는 거 맞습니다. 열심히 하고 있어요.

요즘 서울국제도서전이 끝난 뒤라 그런지 도서전을 즐기고 오신 분들의 소감이 SNS에 많이 올라왔습니다.

저는 그걸 보며 한동안 SNS에 책 소개를 어떻게 해야 하나 고민했습니다. 지금 막 읽은 책이 과도한 컴퓨터, 지금으로 따지면 핸드폰 사용에 대한 우려가 담긴 니콜라스 카의 『생각하지 않는 사람들』이거든요. 노서선에서 이미 많이 '플렉스' 하고 오신 분들에게 또 책 소개를 하자니 약간 미안하기도 하고요. 여러 생각이 드네요. 책을 팔아야 하는 운명이지만 또 독자의 입장에서 부담을 주고는 싶지 않아서요.

일단 다음 편지를 기다리며 이만 줄이겠습니다.
벌써 11시 32분이네요.

무조건 읽는
키워드

구선아

집

집에 관한 모든 이야기. 집은 경제적 안정과 투자 목적이 아닌 보호와 안전, 편안과 안락, 자유와 독립과 혹은 소속, 개인 공간이자 소셜 공간, 자아 표현의 대상이다. 집은 사람을 담고 있다.

장소

공간이 물리적인 형태라면 장소는 인간의 행위로 만들어진다. 여기에 인간의 애착과 기억이 더해지면 장소애(愛)가 생긴다. 어쩌면 인간의 삶은 장소애가 선처럼 이어진 것인지도 모른다.

산책

산보와 산책이란 단어를 좋아한다. 산책을 자주 못 해 항상 산책을 꿈꾸고, 산책자가 되지 못해 명랑한 산책자를 동경한다. 발터 벤야민이나 로베르트 발저를 좋아하게 된 건, 그들이 작가이기 전에 산책자였기 때문이다.

서점/책방

나의 책 쓰기의 시작은 책방이었고, 책방 운영자로서의 시작은 책방 여행자였다. 책방은 나에게 삶이자 낭만이다. 책방은 책으로 만나도 좋다.

계절

제목에 봄, 여름, 가을, 겨울이 들어간 책들. 계절감이 묻은 문장은 같은 계절에 있으면 더 깊숙한 계절로, 다른 계절에 있다면 그와 같은 계절로 데려간다. 계절 서사만큼이나 계절 묘사를 읽는 일도 즐겁다.

박훌륭

죽음

다른 사람들이 생각하는 죽음은 어떨지 항상 궁금하다. 죽음에 관해 읽다 보면 어렴풋이 삶도 보이는 것 같다. 삶의 반대말이 죽음이라지만 사실 삶과 죽음은 함께 가는 거이다.

심리

하루에도 불특정 다수의 사람을 자주 마주하다 보니 사람의 심리에 관해서 알고 싶다. 더불어 종잡을 수 없는 나의 심리도 궁금하다.

질병

인간의 수명은 날로 늘어나고 있지만, 사실 건강 수명은 별반 늘지 않았다. 질병의 원인, 경과, 결과 등에 관한 도서를 자주 검색한다. 이건 전공의 영향일 수도 있다.

경제

우리는 자유경제 시대에 살고 있다. 머리가 지끈거리는 단어가 난무하지만 읽다 보면 대강의 흐름 정도는 알 수 있다. 원론적인 경제 도서부터 실생활에 도움이 되는 도서까지 두루 검색한다. 투자서는 잘 읽지 않는다.

모험

상상력이 들어간 모험 이야기를 좋아한다. 인물의 상황 묘사가 어찌 보면 '심리' 키워드와 유사하다. 모험이란, 주인공이 마주한 삶이기에 감정이입하며 읽게 된다.

3rd Letter

구
선아

혼자가 아니라는

사실을 알기 위해

책을 읽는다

친애하는 훌륭 님께,

라고 편지를 시작합니다. 저 역시 친애하는 대신 무언가
다른 말로 시작하고 싶지만 대체할 말이 떠오르지 않네요.

책방을 운영하고 글을 쓰며 가끔 그런 생각을 합니다. 센시
내가 학교 매점 언니 같다는 생각이요. 아주 유명하지는
않지만 나는 모르는데 나를 아는 사람이 많다는 것.
얼마 전에도 책방을 찾은 손님이 2년 전 어느 곳에서 저를
봤다며 반갑게 이야기하시는데 순간 당황했습니다. 나쁜
짓을 한 것도 아닌데 말이죠.

답장을 머뭇거린 건 어떤 작가를 좋아하냐는 물음
때문이었습니다. 물론 이건 핑계고요. 열흘 정도 마음을
써서 해야 할 일들이 쌓여 있었어요. 불행만 한꺼번에
오는 게 아니라 일도 글쓰기도 책 읽기도 한꺼번에 오나
봅니다. 질문으로 돌아가면 전 장르보단 한 권의 책이
중요합니다. '책방 운영자의 사생활(2022년 4월~6월 발행한
이메일 뉴스레터)' 마지막 편지에서 문학보단 비문학을
좋아하고 문학 중엔 단편소설을 좋아하고 비문학에선
인문학, 사회학, 예술서를 좋아한다고 밝혔죠. 그런데

사실 장르는 중요하지 않아요. 제 생활과 글쓰기에 찌릿,

틈을 만들어내는 책을 좋아합니다. 특정 주제나 키워드에
민감하게 반응하는 편이거든요.

가령 아시는 것처럼 로베르트 발저의 『산책자』를
좋아합니다. 로베르트 발저를 좋아한다기보다 『산책자』를
좋아해요. 작가를 좋아하는 것과 어떤 책을 좋아하는 건
조금 다른 일 같아요. 처음엔 제목에 좋아하는 '산책'이라는
단어가 들어가서 골랐고 몇 장 읽으니 제가 좋아하는
단어들이 책 속에서 온통 빛을 내고 있더군요. 읽은 장소도
정확히 기억납니다. 삼청공원 숲속 도서관이었어요. 책방을
연 해였고, 지금은 폐간한 잡지에 도서관 탐방 에세이를
연재하던 때였습니다. 연재를 핑계 삼아 서울 곳곳의
특별한 도서관을 찾아 아침부터 저녁 남짓까지 머물렀고요.
그날은 유난히 반짝거리던 날이었습니다. 도서관 취재도
잠시 잊고 책을 읽었죠. 그리고 다음 날 책을 주문해 책방에
들였어요.

아! 이 책 배수아 작가가 번역했어요. 훌륭 님도 배수아
작가를 좋아하시는 거로 추측합니다만. 맞나요?
우리의 또 다른 공통점을 발견했네요. 그때 메모해둔
수첩을 찾아보니 "소위 지나간 아름다움이란 많은 사람을
사로잡으며 매혹시킨다. 폐허에는 마음을 건드리는

무언가가 있다. 고귀함의 잔해 앞에서 생각하고 느끼는
우리의 내면은 저절로 고개를 숙이게 된다"를 처음으로
적어두었네요. 제가 시간이 오래 지난 것, 낡은 것, 특히
고대 유적이나 근대 도시 흔적을 좋아하는 것과 연결되는
문장이에요. 그리고 이 문장 "우리는 타인의 불행, 타인의
굴욕, 타인의 고통, 타인의 무력함, 타인의 죽음은 그 무엇도
덜어주지 못하므로 최소한 타인을 이해하는 법이라도
배워야 한다"에도 형광펜으로 밑줄을 그어두었네요. 저의
글쓰기와 읽기엔 개인과 타인이 화두로 자주 등장합니다.
개인과 타인에 관해서는 따로 쓸 이야기가 많아 오늘은
접어둘게요. 마지막으로 이 문장 "내 이름은 프리츠.
혹시 이름이 달랐다면 내 인생은 좀 더 나아지지
않았을까?"를 적어두고 제 인생에 대한 넋두리를
써놨습니다. 혹시 제 이름이 달랐다면, 훌륭 님의 이름이
달랐다면 어땠을까요? 지금과 다를까요?

질문에 답하지 않고 이야기가 길어졌네요. 다시 말하지만
'진짜 좋아하는 작가 베스트 3'이 누구냐는 질문이 너무
어려워요. 없기도 하고 너무 많기도 하거든요. 그래도
순위와 관계없이 꼽아볼게요. (미리 박훌륭 님을 제외해주셔서
조금 마음이 가볍습니다.) 좋아하는 작가를 꼽으라면 문학
작가가 먼저 떠오르네요. 프란츠 카프카, 알베르 카뮈,

파트리크 쥐스킨트, 밀란 쿤데라, 그리고 조르주 페렉과 발터 벤야민을 좋아해요. 사람에 먼저 관심을 가졌던 작가는 이상, 나혜석, 버지니아 울프, 프랑수아즈 사강, 마르그리트 뒤라스가 바로 고민 없이 떠오르네요. 지금 동시대에 활발히 활동하는 국내 작가 중에는 김초엽 작가가 생각납니다. 직접 만나고 '와, 멋지다.' 했던 작가는 김종광 작가와 문정희 시인이었고요.

참, 『생각하지 않는 사람들』은 구판으로 읽은 기억이 있습니다. 얼마 전 읽은 『읽었다는 착각』과도 연결되는 부분이 있어요. 우리가 온라인에서 찾은 정보와 내가 알고 있는 지식을 헷갈려한다고 하는 말에 무릎을 '탁' 쳤어요. 마치 온라인에서 모은 정보가 나의 지적 재산인 것마냥 느낀다는 내용에서도요. 책 읽기도 마찬가지 같아요. 누군가의 리뷰나 미디어에서 소개한 내용을 보고 마치 내가 읽은 것으로 착각하잖아요. 특히 세계고전문학이나 스테디셀러는 더욱이요. 책을 읽는다는 건 종이에 쓰인 문자를 읽는 게 아니라, 글자와 문장과 맥락을 읽고 나의 생각을 더하는 것이라고 생각해요. 앞서 쓴 『산책자』 문구 속 '고귀함의 잔해'를 책 속에서 건져내려면 문자를 읽는 게 아니라 생각을 찾아야 한다고도요.

구
선아

박
훌륭

우리는 왜 책을 읽어야 할까요? 저나 훌륭 님이나 경쟁을
위한다거나 똑똑해지기 위해 책을 읽을 때는 지났잖아요.
삶을 위해 읽어야 할 때죠. 독자마다 각자의 이유가
있겠지만, 저는 제가 조금은 괜찮은 사람이 되고 조금 더
괜찮은 내일을 살기 위해서예요. 살면서 정말 많은 선택의
순간에 놓이는데 조금이라도 더 괜찮은 선택을 해왔다면
아마 책 읽기 때문이라고 생각하거든요. 책 속의 수많은
친구와 동료와 선배들이 저에게 예상치 못한 질문을
던지기도 하고, 엉엉 울어도 전혀 괜찮지 않은 밤에 그래도
괜찮다고 다독이기도 하고, 깊숙한 저의 욕망을 끌어내
도전하게 하기도 하니까요.

C. S. 루이스가 "우리는 혼자가 아니라는 사실을 알기 위해
책을 읽는다"라는 말을 한 적이 있어요. 독서는 혼자서만
할 수 있는 일인데 정작 책을 읽으면 혼자가 아니란 걸
알기 때문인 것 같아요. 지금 우리처럼 책으로 연결되어
편지를 나누기도 하고 백 년 전 쓴 글로 인해 오늘이
두근두근하기도 하니까요.

그럼 저는 이제 짧은 글 한 편을 마감하러 갑니다.
다음 편지를 기다릴게요.

박
훌륭

때론 혼자의 시간은

허락되지 않는다

구
선아

최근 들어 유튜브나 방송 등에서 섭외 요청이 종종 옵니다.
제가 조용히 활동하는 걸 선호하지만 어떻게 아셨는지
연락이 오네요. 이 모든 건 '이름' 탓일 수 있습니다.
이름을 매우 중요하게 생각하는 건 아니지만 저의 책
『이름들』에 썼듯, 타인이 나를 부를 때 특별한 포인트가
있는 건 어쩔 수 없이 삶에 영향을 끼치고 봅니다.
한번 들으면 잊히지 않는 이름도 한몫하는 거죠.
지난 편지를 읽고 제 이름이 박훌륭이 아니었다면
어땠을까에 대해 곰곰 생각해보니 여러 가지 상황들이
떠오르네요. 우선 지금보단 좀 더 일탈하고 살았을
것 같아요. 이름이 박훌륭이 아닌 박훈영이 하는
'아독방(아직독립못한책방)'은 지금이랑 똑같을까?
『이름들』을 쓰지 못했을 거고 내 이름이 손님들 뇌리에
박힐 리도 없고 그럼 아독방이 기억에 오래 남을까? 특이한
이름 덕에 지금 현 상태가 만들어졌다면 이름을 뺀 다른
요소들, 예를 들면 청소하기 싫어서 물건을 최소한으로 사는
저는 또 어떤 독특한 현재를 만들었을까요? 전국에서 가장
책 종류가 적고 좁은 책방? 어쨌든 재밌게 열심히 하려는
성향은 그대로일 테니까요.

성향 이야기가 나와서 말인데 요즘 틈틈이 주디스 리치
해리스의 『양육가설』을 읽고 있습니다. 제목처럼 '양육

가설'을 다루는 책인데 부모들이 늘 고민하는 지점에 대한
탐구서입니다. 680페이지가 넘어가는 책이라 한 번에
다 읽을 수가 없어서 늘 마음속에 벽돌이 하나 들어선 것
같네요. 가슴 한켠이 묵직해요.

박
훌륭

책은 과연 아이에게 부모의 영향은 어느 정도인지,
쉽게 이야기해서 '부모가 아이들을 기르는 방식이 아이에게
결정적인 영향을 미친다는 가정'을 뜻하는 기존의 양육
가설에 대한 비판 연구입니다. 양육 '가설'이라고 명명한
이유는 저 주장 자체가 가정이기 때문입니다. 충분한
과학적 근거가 없다는 이야기죠. 책 초반에 예전 유럽 귀족
이야기가 나옵니다. 아시다시피 당시 유럽에는 유모라는
직업을 가진 사람들이 있었죠. 그래서 귀족들의 아이들은
주로 유모가 키우고 심지어 일정 기간 동안 부모를 못
만나는 아이들이 다수였답니다. 우리나라로 따지면
초등학생 정도의 나이밖에 안 된 아이들이었어요. 충격적인
건 그 아이들이 자라서 처음 부모를 만났을 때, 양육자인
유모가 아닌 부모의 스타일을 닮았더랍니다. 우리 주변에
부모가 사투리를 쓰는데 아이는 표준어를 쓰는 사례를
많이 보긴 하죠. 주 양육자의 말투를 닮지 않고 아이가 속한
사회나 집단의 영향을 받아서 표준어를 쓰는 경우라고
생각해볼 수 있습니다. 그럼 환경이 우선이고 양육이 완전

32

무용하냐, 그건 아닙니다. 다만 우리가 믿고 있는 부모
양육의 중요성과 그에 따라 느끼는 죄책감을 내려놓아도
된다는 이야기를 근거와 함께 말해줍니다.

모든 부모가 그러겠지만 아이가 어릴 땐 특히 책에 의존을
많이 합니다. 그래서 막이네 정답 없는 양육 세계에 관한
책들이 더 다양해지고 많아졌으면 합니다.
하지만 책도 트렌드를 타는 편이라 '양육' 분야도 예외는
없지요. 방송에서 인기를 얻은 육아 방식이 책으로 나오는
일도 흔합니다. '해열제는 언제 어떻게 먹여야 하는가?'에
대한 공통적인 방법은 있겠지만 '면역력을 올리려면 어떻게
키워야 하는가?'에 대한 의견은 분분할 겁니다. 당장 우리
어릴 때보다 요즘 아이들이 흙과 친하지 않기 때문에
혹은 너무 깨끗한 환경에서 자라서 면역력이 떨어졌다는
이야기가 나오는 마당이잖아요.
그럼 좀 지저분하게 살아야 하는 걸까요? '좀'은
얼마만큼일까요.

제가 지금 한 카페에서 글을 쓰고 있는데, 우연인지
필연인지 제 뒤에서 어머님 두 명이 이야기를 나누고
있습니다. 한 어머니가 자기 자녀가 상해에서 유학한
이야기, 학원 이야기, 양육 이야기를 쉬지 않고 하고 있어요.

맞은편에 앉은 어머니는 "어, 응, 아~, 혁, 그래! 하하하"만
반복하고 있습니다. 저 어머니는 어찌 저리 에너지가
넘칠까요? 이런 게 한국 사회의 양육에 대한 열정적인
관심일까요?

박
훌륭

전 혼자 있는 시간을 좋아합니다. 그 시간에 깊은 생각을
하고, 정리하다 보면 새로운 아이디어도 떠오릅니다.
물론 에너지도 채워요. 그래서 자발적 고독과 외로움을
겸비한 고독의 장인 로베르트 발저의 『산책자』에
끌렸는지도 모릅니다. 고독으로부터 만들어진 단어와
문장들이 저를 빠져들게 했지요. 선아 님과 저는 좋아하는
책 장르가 다른데도 은근히 겹치는 부분들이 많네요.
신기합니다. 선아 님도 혼자 있는 시간을 좋아하나요?
혼자 있는 시간에 영감이 떠오르고 에너지를 채우나요?
아님 친구라도 만나서 이야기를 나누고 에너지를 얻는
타입인가요? 아, 지금 막 한 어머니가 가신답니다.
아니군요. 다른 이야기를 시작했네요. 저는 아직 혼자가
아닙니다.

책을 통해 우리는 진정한 '우리'가 된다는 것에 동의합니다.
책이 없었다면 제가 책방을 열지도 않았을 거고, 책방을
통해 만난 소중한 사람들과 교류하지 못했을 겁니다.

구 선아

이 끝이 어디인지는 모르겠지만 분명 우리가 함께하고 있다는 것은 분명하네요. 아무래도 제가 이 편지를 얼른 끝맺고 카페를 빠져나가야 할 것 같네요. 혼자 있는 시간을 허락하지 않네요.

다음 편지에 다시 이야기해요, 서아 니

구
선아

새로운 세계는

오늘도 예고 없이

와, 셀럽 일정으로 살고 계시네요. 그 여파로 책방에 손님이 많아져 책도 많이 데려가길 바라봅니다. 물론 방송에서의 노출이 책방 매출에 전혀 도움이 안 된다는 것쯤은 이미 알고 있지만요. (웃음) 오늘은 아침부터 도서관에 왔어요. 9시 30분에 왔는데도 앉을 좌석 찾기가 힘들더군요. 잠포록한 날이라 사람이 많은 걸까요? 다행히 꾸역꾸역 자리를 찾았고, 지금은 구내식당에서 밥을 먹고 편지를 쓰고 있어요. 전 밀린 일이나 개인 작업할 때 동네 카페 몇 곳을 그날의 기분에 따라 찾아가곤 해요. 그리고 일주일에 하루는 집에서 작업하고 또 하루에서 이틀은 도서관에 가고요. 문보영 시인이 썼듯이 "외로움을 지키기 위해 내 방에서 글을 쓰고 외로움에서 벗어나기 위해 도서관(『일기시대』)"에 가죠.

지난 편지에서 저에게 물으셨죠. 혼자가 있는 시간이 좋은지, 친구를 만나는 시간이 좋은지요. 음, 둘 다 좋기도 하고 둘 다 싫기도 합니다. 둘 다 필요하기도 하고 둘 다 쓸모없다는 생각도 들고요. 혼자 있고 싶을 땐 캄캄한 영화관에 가고, 누군가와 연결되고 싶을 땐 책방에 갑니다. 다행히도 저에겐, 아니 우리에겐 책방이 존재하니까요. 에너지를 채우는 건 무언가 읽거나 보고 누군가와 대화할 때입니다. 삶에 영감을 가져올 때도요. 저 역시 제 기분이나

체력이 소비되는 불편하거나 불쾌한 사람과는 만나지
않아요. 퇴사 이후 책방을 운영하고 글을 쓰면서요.
돌이켜보면 정말 나를 소비한 시간이 너무 많거든요.

도서관에 와서 『양육가설』을 찾았습니다. 그런데 이 책
글씨도 작고 빼곡한 688쪽의 벽돌 책이더군요. 지난
편지에서 680쪽이 넘는다고 알려주셨지만 지나쳤나
봅니다. 벽돌 책은 공부를 위한 독서가 아니고서는 사실
부담스러워요. 그래서 읽고 싶은 부분이나 필요한 부분만
읽는 일이 많습니다. 하지만 『양육가설』은 부제가 '부모가
자녀의 성장에 미치는 영향에 대한 탐구'라 펼쳐보지
않을 수 없었습니다. 서문과 목차를 보니 구매하여 천천히
읽어도 좋을 책이 분명하더군요.

우리의 공통점 중 또 하나는 육아 중이란 거죠. 사회가,
부모가 만든 삶에 대한 막연한 믿음과 기대 혹은 '이렇게
살아야 한다'에는 반대하지만, 그래도 아이가 살면서 좋은
기회를 많이 만나려면 '이렇게 해야 하지 않을까?' 고민하는
요즘입니다. 아이가 유전적 기질과 선천적 영향이 매우 큰
것도 또는 양육 환경과 방식이 중요하다는 말도 조금 두려운
일입니다. 특히 요즘 아이가 쓰는 어휘가 늘고 문장으로
말을 합니다. 모방력과 인지력도 빠르게 늘고요.

박
훌륭

얼마 전 메시지를 주고받을 때 아이가 태어나고는 힘에
부치는 일이 생긴다고 하셨죠. 할 수 없어도 해야 하고
몰라도 해야 하는 일이 생겨서요. 저 역시 마찬가지예요.
인생은 계획할 수 없다고 하지만 그중 제일이 육아인 것
같아요. 하루도 아무 일 없이 지나가지 않아요. 요즘 자주
정답지 없는 아주 두꺼운 문제집을 푸는 느낌이에요.
688쪽에서라도 끝나면 좋을 텐데요.

아이는 저에게 매일 예고 없이 새로운 문제를
가져다주거든요. 아니 새로운 세계라고 할게요. 일단 제가
이런 책을 읽고 있잖아요? 하하. 제 책장 한 칸은 전부 육아
서적이에요. 실용서부터 돌봄과 관련한 산문집, 소설까지
가득합니다. 최근 몇 년간 돌봄과 관련한 산문집, 소설집이
계속 출간되고 있는 걸 보면 돌봄과 돌봄 노동에 관해
이제야 사회적 논의가 시작되고 있는 듯해요.
아이가 태어나 자라면서 분명 저의 세계가 바뀌었습니다.
아이의 세계와 이어지고 아이와 연결된 세계들이 저에게도
이어지면서요. 나의 세계도 아직 견고하지 못한데 내가
누군가의 세계를 함께 해도 되는 건지 아니, 함께 해야만
한다는 게 덜컥 겁이 날 때가 있거든요.

편지를 쓰다 말고 계속 책장을 넘기게 되네요. 지금

"아이는 스스로 자신의 또래 집단과 함께 자기 삶을 만들어나간다"라는 문장을 발견했어요. 여기서 또 한 번 생각이 오래 멈춥니다. 책에서는 아이 스스로 삶을 만들어나가니 부모의 죄책감이나 영향력에 대해 조금 관대해져도 된다는 맥락으로 보입니다. 하지만 현재 한국 사회의 또래 집단은 사는 곳, 다니는 학교와 학원에 의해 형성되잖아요. 이 역시 부모의 영향 아래 놓여요. 교우classmate와 친구friends가 이 안에서 만들어지죠. 물론 아주 넓고 큰 울타리를 만들어주는 건 당연한 부모의 역할이라고 생각합니다. 그러니 책의 맥락과는 다르게 더 튼튼하고 멋지고 값비싼 울타리를 만들어줘야 하는 게 아닐까? 생각이 드는 거죠. 완벽한 세계는 아닐지라도 내가 줄 수 있는 가장 좋은 세계를 만나게 하고 싶으니까요.

다행히 부모 양육의 중요성에 관해서는 책의 말처럼 유연한 상태예요. 전 아이가 어릴 때부터 기관의 도움을 받았는데요. 많은 일하는 엄마가 그렇듯 아이를 두고 일하는 것에 죄책감을 느꼈어요. 죄책감은 타인이 만든 건지, 제가 만든 건지 모르겠지만요. 지금은 그때보다 아이가 조금 자랐고 저도 자랐어요. 그렇다고 모든 두려움이 사라진 건 아니지만요. 이 책을 다 읽으면 저의 두려움은 조금 사라질까요? 훌륭 님은 구너음이 줄

구
선아

박
훌륭

사라지셨나요? 아이가 자라는 시간만큼이나 두려움이
사라지는 시간도 꽤 걸리겠지만 천천히 읽어볼게요.

제게 이번 계절은 마감의 계절이어요. 올해 직접 만드는
서평 에세이 앤솔러지에 실을 본문을 마감하고 서문을
쓰고 있어요. 가끔 책을 읽다 보면 서문이 좋은 책을
발견하잖아요. 저도 서문에 욕심을 내어서인지 글쓰기
진도가 안 나가요. 꽉 막힌 고속도로 같아요. 육아할
때뿐만이 아니라 글을 쓸 때도 힘을 빼야 하는데 벌써
힘이 들어간 거죠. 그래서 이 교환편지가 재밌습니다.
힘을 쫙 빼고 써서 좋아요. 좋아하는 책 이야기를 맘껏 할
수 있어서도 좋고요. 사실 책방에서도 맘껏 책 이야기를
하긴 어렵잖아요. 내 취향으로 꾸린 작은 책방이라지만
모든 걸 내 취향대로만 하면 그건 책방이 아니라 서재라고
생각되거든요. 책방에 오는 모든 손님이 독자도 아니고요.
물론 모두가 내 책방을 통해 독자가 된다는 허망한 꿈도
꾸지만요. 아무튼 이 편지가 요즘 저의 글쓰기 중 큰 부분을
차지하고 있습니다. 저도 알아달라고요. (웃음)

아이 하원 시간이 되어 이만 편지를 끝맺습니다.
다른 글쓰기 일은 다음 편지에서 또 이야기해요.
이런, 뛰어가야겠네요.

책방 운영
십계명

구선아

하나

**책방에 '올인'하지
않는다**

세상 무엇에도 올인하지 않는다. 일도 사람도
당연히 책방도. 더 재밌는 일이 생기거나 더는
책방을 운영하기 싫다면 언제든 그만해도 된다
고 생각한다. 다행히 지금은 책방 문 여는 게 재
밌다.

둘

**스몰 스텝으로
간다**

무리한 확장, 욕심내어 연 행사, 365일 운영을
고집하지 않는다. 내가 할 수 있는 일을 내 보폭
으로 내 속도로 해나간다.

셋

**읽고 쓰는 삶을
위한다**

나의 읽고 쓰는 삶을 위하여 시작했으나 언젠
가부터 다른 이의 읽고 쓰는 삶을 생각했다. 우
리의 읽고 쓰는 경험을 위한 공간이다.

넷

**이왕이면
함께한다**

작가, 창작자, 출판사, 동료 서점 등 이왕이면 함
께 나아간다. 성공을 위해서가 아니라 성장을
위해서.

다섯

**책방은 오롯이 책방
수익으로 운영한다**

어쩌면 가장 중요하다. 책방은 책을 팔고 모임
을 열어 번 수익으로 월세와 관리비를 내고, 스
텝을 들이고 다시 책을 산다.

여섯

BOOK & FUN

책은 재미있어야 한다. 운영하는 사람에게도 책방을 이용하는 손님들에게도 마찬가지다. 구매할 때든 읽을 때든 재미가 있어야 꾸준할 수 있다.

일곱

눈치 보지 않는다

이 책방의 운영자는 나다. 내가 좋아하는 것부터 시작한다. 여기저기서 한다고 마음 조급하게 따라 하지 않는다.

여덟

친구를 만든다

책방을 운영하는 이들 중에 마음 맞는 사람을 찾는다. 함께 이야기하고 생각하다 보면 기발한 것이 떠오르기도 하고 어려움을 나눌 수 있다. 손님들과도 서서히 친해진다. 동네 책방은 어느 정도의 친분과 교류가 필요하다.

아홉

내 취향을 반영한다

책방에 놓는 책들은 반드시 내가 읽을 책들 위주로 고른다. 동네 책방은 책방지기의 취향이 드러나는 공간이다. 다른 서점에서 많이 팔렸다고 해서 들여놓지 않는다.

열

특별하다는 생각은 마음속으로

내가 운영하는 책방이 나에게 특별한 것은 당연하다. 하지만 대한민국 어느 서점에서든 똑같은 책을 구할 수 있다. 같은 책이라도 내 책방에서만큼은 달라 보이게 하는 게 먼저다.

박
훌륭

적당히 비우는

삶

6th Letter

질투 나는 선아 님께

지난 편지에서 제 눈길을 끄는 단어가 있었는데 뭔지
아세요? 바로 '구내식당'입니다. 제가 사실 알 만한 사람은
다 아는 구내식당 마니아입니다! 아마 아독방 SNS에서
식판 사신을 가끔 보셨을 거예요. 어딜 가는 구내식당이
있으면 무조건 가서 먹어봅니다. 각 잡힌 식판에 나오는,
식판 구멍수마저 똑같은, 근심과 걱정 없는 구내식당이라는
유니버스! 너무 설렙니다.

이 탐방은 제가 서울에서 홀로 자취할 때부터 이어져온
것인데요. 혼자 있으니 밥을 해 먹을 생각은 꿈도 못
꾸고요. 당연히 사 먹었습니다. 특히 주말마다 구내식당을
찾아다녔습니다. 구로디지털단지 근처에 살 때는 아파트형
공장이라 불리는 대형 건물들의 모든 구내식당을 가보고
혼자 품평회까지 열 지경이었죠. 어떤 곳은 (돈가스, 생선가스
등) '가스가스'류가 자주 나오고, 어떤 곳은 (식혜, 아이스크림,
후르츠 칵테일 등) 후식이 항상 추가로 나왔습니다. 어떤 곳은
찜닭이나 제육볶음같이 양념된 메뉴가 나왔고요. 웬만한
구내식당은 꿰고 있었습니다.
구내식당의 장점은 뭐니 뭐니 해도 가격과 영양과 맛의
균형이 확실하다는 거겠죠. 마치 손님과 책과 책방

운영자의 균형이 맞는 책방 같아요. 아무렴요, 영양사가
상주해 균형 잡힌 식단이 나오고 맛도 꽤 괜찮으며 주변
식당보다 저렴한 식대! 완벽합니다. 더 생각할 필요가
없어요. 구내식당이 보이면 그냥 들어가세요.
지금 생각해보면 구내식당 찾아다닐 때가 참 행복했습니다.
아이가 있는 집은 아이가 웬만큼 자라지 않는 이상
자유롭게 돌아다니는 게 어려우니까요. 선아 님과 제가
그리고 세상 모든 부모가 고민하는 그 '양육의 균형'이라는
것 역시 구내식당 정도의 균형이라면 최고일 것 같은데
현실은 쉽지 않네요.

박
훌륭

균형 이야기가 나와서 말인데 최근 레너드 코렌의
『와비사비』를 읽으며 많은 생각을 했습니다. 특히
집이라는 공간에 대해서 곱씹게 되었어요. 이 책은
'일본의 오랜 성향'에 관해 이야기하고 있습니다.
와비사비ゎび・さび(侘·寂)라는 단어 자체가 일본의
문화적 전통 미의식, 미적 관념의 하나로 투박하고
조용한 상태를 가리킨다고 해요. 보통 묶어서 와비사비로
표현하지만, 엄밀히는 별개의 개념입니다. 와비ゎび는
일본 다도의 근본이념을 나타낸 말이고, 한적한 정취,
소박하고 차분한 멋 등의 의미를 지닌 말입니다. 사비さび는
한자로 한적할 '적寂'이라고도 쓰는데, 일본은 이미

46

구
선아

중세부터 한적 지향의 정신이 있었답니다. 그런데 생각을 넓혀보면 이 '와비사비'는 어쩌면 '비우는 것'에 관한 것일지도 모르겠습니다. 일본 작가들이 쓴 집을 비우는 방법, 정리하는 방법, 단순하게 사는 방법 등의 책들도 와비사비라는 큰 줄기에서 나온 것임이 분명해 보여요. 일본에서도 와비사비라고 묶어서 쓰는 개념은 잘 없었던 것 같아요. 레너드 코렌이 와비 사비라는 개념을 『와비사비 : 그저 여기에』에 쓴 이후 여기저기서 차용되기 시작한 듯합니다. 앞서 소개한 책은 그 뒤의 이야기입니다.

저는 청소와 정리를 잘하는 편은 아닙니다. 하지만 정리가 잘되어 있는 장소에 가면 엄청난 안정감을 느끼죠. 그래서 가능하면 아예 물건을 사지 않아요. 저는 주변에 무언가가 많아질수록 마음에 부담을 느끼거든요. 그게 사람이든 사물이든 똑같아요. 그럼 제가 머무르는 집은 어떨까요? 네, 상상하시는대로 아이의 물품들로 넘쳐납니다. 저희 집 소파는 아이 책이 잔뜩 쌓여 있어서 앉을 수가 없습니다. 식탁의 절반 정도도 사용할 수 없어요. 침대만 있어도 좁은 안방 역시 곳곳에 아이 책이 쌓여 있습니다. 어딜 가나 제 어깨에 뭔가 앉아 있는 기분이에요. 이래서 사람들이 있을 것만 있고 잘 정리된 펜션이나 호텔로 놀러 가는 거겠죠? 집이라는 공간은 채우는 것보다 비우는 것이 중요한 것 같아요. 그러기 위해서는 나부터 적당히 비워야 하는 것이 맞겠죠. 소유욕을 어느 정도 내려놓는 것, 그것이 와비사비나 무소유의 의미입니다. 편리함을 이유로 우리는 너무 많이 소비하고 있습니다. 또 헛헛한 마음에 필요 없는 것들을 사고 채우고 있어요. 그러면 마음이 채워질 것 같은데, 사실 마음은 채워지지 않고 내 공간만 줄어들고 있지요. 처음에는 필요한 뭔가가 눈앞에 없을 것 같은 불안함에 휩싸이지만, 고비를 넘기고 나면 오히려 편안함이 찾아옵니다. 그리고 뒤따라오는 환경에의 선순환은 덤이겠죠. 마치 제가 겨울에 바지 두 벌을 돌려 입는 것과 같은 이치입니다. 바지 뭐 입을까 생각 안 해서 너무 편해요. 아, 이건 아닌가요?

박 훌륭

비우는 것에 대해 생각하다 보니 재미있게 읽은 소설도 생각납니다. 『신세계에서』라고 기시 유스케가 쓴 장편 소설인데 작가 성향상 장르물이고 재미로 읽는 소설이라고 생각했지만 오판이었습니다. 지금으로부터 약 1,000년이 더 지난 인류의 이야기인데요. 놀라워라! 필요한 전기를 물레방아를 돌려서 만들고 있습니다. 심지어 높은 빌딩은 없고 단순한 목조 집이 더 많아요. 살다 보면 '비우는 삶'을 터득하는 것인가? 기시 유스케가 설정한 이 배경이 참 흥미롭더라고요. 모두 말씀드릴 수는 없지만, 이런 상황에는 이유가 있었습니다. 재미로 읽으려 했던 소설이

구
선아

인문학적 사고를 가동하게 만들더라고요. 인간의 탈을
쓴 짐승 대 짐승의 탈을 쓴 인간, 과연 누가 인간이라고
볼 수 있을까요? 1,000년 후의 이야기라 그런지 분량도
1,000페이지가 넘습니다. 하지만 전개 속도가 빠르고
스토리도 재밌어서 감히 올더스 헉슬리의 『멋진 신세계』와
견주어 봅니다.

아! 왜 '질투 나는' 선아 님께라고 썼는지 말씀드리지
않고 지나갈 뻔했네요. 요즘 책방에서 여러 클래스를
성공적으로 진행하는 걸 보고 부러워서 하는 말이에요.
저흰 최근에 '매주 아독방'이라고 작가 초청 행사를
진행하는데 정해놓은 인원이 안 차서 애써 시간 내어
오시는 작가님들께 죄송스럽습니다. 하필이면 지금이
연휴가 가득할 때라고 위로를 해보지만 책방으로서 아직
한참 멀었다는 생각도 들어요. 그럼에도 작가님들께 죄송한
것 빼고는 독자가 단 한 명만 오시더라도 좋습니다. 책을
좋아하는 사람, 저와 좋아하는 작가가 비슷하다는 사람이
있다는 것만으로도 자부심이 차오릅니다. 우선은 모든
행사를 무탈하게 진행해보도록 하겠습니다.

벌써 시간이 이렇게 되었네요. 출근해야겠어요.
다음 편지에서 더 많은 이야기 나누어요.

7th Letter

구
선아

미완성의

아름다움

지난 편지를 받고 제일 먼저 한 일은 인터넷 검색창에 '와비사비'를 입력해보는 일이었습니다. 맨 앞에 와인이 검색되어 나오더군요. 자연스레 어떤 와인이 맛있을지 고민했습니다. 좋아하는 화이트 와인과 스파클링 와인이 대부분이었고 가격도 매우 저렴했어요. 덕분에 한 병 장바구니에 넣었습니다. 그러고 나니 그제야 '비완성의 아름다움'이란 와비사비의 의미가 눈에 보이더군요.

책방에 와보셔서 아시겠지만 저 역시 정리를 잘하는 편이 아닙니다. 정리 기술이 부족한 게 아니라 정리를 할 만큼의 여유가 없다는 핑계를 대볼게요. 책방뿐 아니라 집도 마찬가지예요. 전 책과 문구류 말고는 물건 욕심이 없는 편인데, 사실 이게 양과 무게가 어마어마합니다. 집에 책장이 몇 개인지도 생각이 안 나네요. 음, 그런데 책과 문구류 말고도 스웨터나 스카프가 무척 많고 나이키 운동화가 신발장 가득하네요.

한때 오랫동안 일본에 거주하면서 선불교와 동양철학, 그리고 일본의 미의식에 큰 영향을 받은 프랑스 수필가 도미니크 로로의 『지극히 적게』를 읽고 적게 소유하면서 일상을 예술로 만드는 일에 관심이 많았어요. 그런데 현재로선 보기 좋게 실패한 상태입니다. 아이가 생기면서 채우는 양과 속도가 비우는 속도보다 무척 빨라졌거든요.

어려서부터 이사를 많이 다녀서인지 아니면 건축을
전공해서인지 '집'에 관심이 많아요. 책방과 개인 서재에
집 관련 책만 몇 칸이 꽂혀 있죠. 전 사람에게 가장 중요한
부산이사 상소가 집이라고 생각해요. 집은 제1의 공간으로
가장 내밀하면서 친밀한 공간이자 물리적 장소 이상의
의미를 지니잖아요. '나'를 만드는 공간이고요. 특히 전
생활과 일이 무척 떨어져 있는 편도 아니고요. 더욱이
팬데믹 시대를 건너면서 집에서 일하고 아이와 놀이하는
시간도 많기에 집다운 집에 관해 아직도 종종 생각합니다.

구
선아

집은 나에게 무엇일까요? 집다운 집은 어떤 걸까요? 이젠
집이라는 단어가 다정한 단어만은 아닌 것 같아요. 최근
들어선 경제 용어 같아요. 집에 관한 정의와 기억이 점점
달라지고 있는 느낌이고요. 집이 투자의 대상이 되었던 건
하루 이틀 일이 아닌데, 몇 년 사이 부쩍 집을 '재산'으로
먼저 보는 경향이 커졌어요. 집으로 경제적 계급을
나타내면서도 문화적, 사회적 계층을 구분해요. 집으로
학군도 나누고 친구도 나누잖아요. 이제 "어디 살아?"는
여러 층위를 가진 말이 된 듯합니다,

서울에 부모님의 집이 없다면, 대부분 가난한 자취생으로
서울 생활을 시작하죠. 이미 거기에서 청년 계급이
갈린다고 하잖아요. 일단 생활비가 안 들고 어쩌면
부모님의 집을 증여나 유산으로 받을 수도 있으니까요.
현재 대도시와 집은 생존 가능성을 이야기하는 데까지
도달했어요. 살기 좋은 집이 아니라 살 수 있는 집을 찾아야
하는 사람도 많으니까요. 출발선은 평등해야 한다, 기회는
평등하게 주어져야 한다, 이런 말들 많이 하잖아요. 하지만
사실 경제적인 걸 포함해 평등한 무엇은 불가능하다는
생각이 들어요. 물론 경제적 평등이 도덕적인 선이란 이야긴
아닙니다.

이 질문을 시작으로 한 책이 있습니다. 하재영의 **『친애하는
나의 집에게』**인데요. 책엔 작가가 이제까지 지나온 열 개의
집 이야기가 있어요. 이 집 이야기 속엔 한 세대가 있습니다.
우리와 같은 세대죠. 살았던 동네는 다르지만 지나온
집들에서의 경험과 기억은 왜 이리 비슷할까요? 집을 옮겨
다닌 과정과 집이 아닌 방에서 살았던 기억들 같은 것이요.
이름 없는 집과 집이라 부를 수 없는 방, 그리고 "내가
지낼 공간을 더 나은 곳으로 만들기 위해 안간힘을 쓰는
시간"은 스스로를 책임지기 위해 아등바등하는 순간들
같은 것도요. 집 이야기는 한 개인의 역사고 한 사회의 기록

같아요. 작가 역시 "집에 대해 쓰려 했으나 시절에 대해"
썼다고 말해요. 전 온전한 나의 '집다운 집'은 일상의 모든
것을 더 좋아지게 할 것이라는 믿음이 있어요. 하지만 나의
집다운 집은 물리적인 것보다 '우리'와 '우리의 삶'이란
게 더 중요하다고 생각해요. 건축이나 공간에 여백이

필요하나닌, ᅳᅵ선 삶을 놓을 자리가 필요하기 때문이지
않을까요? 여백이 미완성의 아름다움을 가진다면 미완성
스스로 아름다움을 만드는 것이 아니라 결국 미완성을
아름다움으로 만드는 건 새롭지 못하더라도 사람일
테니까요.

저는 지금 11년째 같은 집에 살아요. 이 집이 저의 첫
번째 나의 집다운 집이에요. 언젠가 이곳을 상실할
날이 오겠지만, 그 상실은 상실의 기쁨을 알게 할 거라
믿어요. 미완성이었던 이곳에서 미완성은 벗어났거든요.
물론 완성이란 말은 아닙니다. 저도 언젠가 기회가 되면
집과 관련한 이야기도 써보고 싶어요. 일기든 에세이든
소설이든요. 상상만 해도 벌써 신이 나네요.

참, 앞선 편지에서 저를 질투한다고 하셨는데요. 결코 저를
질투하지 않아도 됩니다. 엄청 많은 클래스를 성공적으로
진행하고 있지 않으니까요. 저희는 음료를 판매하지도 않고

인기 굿즈도 없고 월간 책 구독 서비스도 없어요. 모처에
소위 잘 나가는 서점들에 비교하면 작은 구멍가게죠.
아무래도 저의 '자기만의 방'으로 시작한 책방이라 그럴
겁니다.

많은 책방 운영자가 저와 같은 마음일 텐네요. 보시피 ㅣ
항상 조마조마해요. 사람들이 반응하지 않으면 어쩌지?
모객이 안 되면 어쩌지? 간혹 사람들의 반응이 없을 때면
마음이 죄어들곤 합니다. 그래도 모임이나 클래스를 열심히
만드는 건 몇 가지 이유가 있어요. 물론 수익적인 측면도
있습니다만 무언가 기획하고 제안하는 일 자체가 저에겐
자연스러워요. 재미도 있고요. 누군가에게 새로운 기회가
될 수도 있고요. 기회는 어깨에 힘 빼고 "그냥 한번 해볼까?"
해야 오잖아요. 누군가 그런 사소한 결심을 책방을 통해
해주면 좋겠어요. 조금 욕심을 부려본다면 사람들이 책방을
자신의 또 다른 자기만의 방으로 여겨주면 좋고요. 물론
책도 많이 사고 많이 읽어주면 더할 나위 없고요. (웃음)

반대로 전 훌륭 님이 질투 납니다. 독자들과 손님들과
다른 작가들과 활발히 소통하는 게 부러워요. 물론 저의
다정하지 못한 성격 탓이 큽니다. (제가 인정은 빨라요.) 종종
훌륭 님은 I가 아닌 것 같다는 생각이 들어요. MBTI 검사를

다시 해보시길 권해봅니다. 아무래도 E인 것 같거든요.
분명 저랑 같은 I일 리가 없어요! 아, MBTI가 별자리에서
기원한 건 아시죠? 훌륭 님은 황소자리네요. 황소자리는
흔히 사람과의 관계를 소중히 여기고 온화한 면이 많다고
하네요. 다툼이나 쓸데없는 충돌은 좋아하지 않고요. 반은
맞고 반은 틀린 듯한데, 맞나요? 혹시 MBTI 검사 다시
하시면 결과 꼭 알려주세요.

이 편지를 읽게 되는 날, 우리 점심 약속이 있네요. 그러면
곧 만나요. 만나서 책 이야기를 이어가봐요. 책방의 지난한
일들은 제쳐두고요.

구
선아

"공간을 소유하는 것은 자리를 점유하는 일이었다.

'나는 누구인가?' 하는 물음만큼이나

'나의 자리는 어디인가?' 하는 물음이 나에게는 중요했다."

_『친애하는 나의 집에게』, 라이프앤페이지, 130쪽

박
홀륭

이 또한

지나가리라

한 주 잘 보내셨는지요? 선아 님 몸이 안 좋았다는 소식을
듣고 한 차례 미팅도 했는데 안부를 물으려니 어색하네요.
그나저나 이번 편지는 왜 작정하고 쓰신 것 같지요?
예상컨대 선아 님이 평소에 관심이 있는 공간에 관한
이야기라 신나서 쓰신 것 같아요. 책방에서 클래스도
많이 열고 성공적으로 마지는 실 보닌, ㅇ신에 네게씨 같
이해하고 공간 활용을 잘하시는 것 같아요. 선아 님의
전공이 건축인 게 이유겠지만 원래 전공은 더욱더 대차게
하기 싫은 법! (예를 들면 약사인 저처럼) 꾸준히 관심을
두는 걸 보면 정말 좋아하시는 것 같습니다. 나중엔 정말
복합 문화 공간을 운영하는 분으로 거듭날지도 모른다는
생각을 합니다. 지금부터 잘 보여야 월세 좀 싸게 주실 거란
생각도요. (웃음)

이렇게 잔잔하고 조용하게 취향을 전하는 저는 MBTI
검사상 I가 맞습니다. E라니요. E상하네요. 사실 검사할
때마다 조금씩 다르게 나오긴 하지만 I는 변한 적 없습니다.
INFJ냐 INFP냐의 차이일 뿐. 가끔 ISFJ도 나오더라고요.
MBTI 이야기가 나와서 말인데 최근에 『우리는 모두 조금은
이상한 것을 믿는다』를 읽었습니다. 〈스켑틱*SKEPTIC*〉이라는
잡지가 있는데 글자 그대로 '회의주의*Skepticism*'를
표방합니다. 상식이라고 생각되는 것들에 대해 자꾸

의심한다는 의미이지요. 특히 과학이나 사회 분야의 통념과 신드롬 등에 관해서요. 이 잡지는 아독방을 시작하고 초창기엔 가끔 읽었는데 요즘엔 거의 못 읽었습니다. 현세에서 의심할 일이 많이 생겨 잡지마저 의심하며 읽을 여력이 없네요.

박
훌륭

〈스켑틱〉의 특별 합본호인 『우리는 모두 조금은 이상한 것을 믿는다』는 잡지가 아닌 단행본입니다. 몇 가지 주제에 관해 '회의하는(의심하는)' 입장을 가진 사람들의 글을 실었죠. 그중에 심리학을 연구하는 박진영 작가의 글이 맨 처음 실렸습니다. 제목이 '너무 복잡한 인간, 너무 단순한 MBTI'인데요. 제목이 곧 내용입니다. MBTI를 사실 '진짜'로 믿는 사람은 거의 없지요. 재미의 일환으로 서로 해보고 공유하고 이야기 나누는 것일 뿐. "나는 MBTI 같은 걸 왜 하는지 모르겠어"라고 해버린다면 '갑분싸' 되는 거죠. 쭉 읽어봤더니 저는 다른 내용보다 최근 심리학에서 성격을 정의하는 데 쓰는 다섯 가지 요소가 흥미로웠습니다. 그 다섯 가지 요소는 바로 개방성, 성실성, 외향성, 원만성, 신경증(정서적 불안정성)이라고 합니다. 이 다섯 가지 요소들은 총합 백퍼센트 안에서 분배되는 것이 아닌, 각각의 개별적 특성을 가집니다. 그래서 외향성이 90퍼센트라서 사람들을 만나고 싶어 하면서도 신경증이

20퍼센트라면 '저 사람이 나를 싫어하면 어쩌지'와 같은 걱정이 들 수도 있는 거라고 설명합니다. 쉽게 찾아볼 수 있는 예로 반려견을 들었네요. 호기심은 강한데 겁이 많아서 쉽게 다가가지 못하고 '언제나 제자리 걸음~♬' 한다고요. 저는 아이들의 모습이 떠오르네요.

MBTI의 정확한 기원은 알려지지 않았지만 성격에 관심이 많았던 캐서린 쿡 브릭스와 그녀의 딸 이사벨 브릭스 마이어스가 융의 심리학 이론을 참고해서 만들었다고 합니다. 이 책에는 말씀하신 별자리 이야기도 나옵니다. 참, 그러고 보니 최근에 MBTI를 소재로 한 소설집을 읽었어요. MBTI가 대중의 관심을 많이 받고 있긴 한가 봅니다. 『혹시 MBTI가 어떻게 되세요?』라는 제목의 신기한 소설집이었어요. 각 MBTI로 나누어본 주인공이 등장하는 소설집이라니? 상당히 현실적인 재미가 있었습니다. 정말 각 MBTI의 주인공마다 상황에 대처하는 패턴이나 생각이 다른 게 느껴진달까요? 소설에 ISFJ 이야기는 없고 INFJ 이야기는 있었는데 정말 저를 보는 것 같아서 소름이 살짝 돋았어요.

개인적으로 이서수 작가의 「알고 싶은 마음」(INFJ)과 김화진 작가의 「나 여기 있어」(INFP)가 많이

흥미로웠습니다. 저는 어쨌든 이 두 가지 유형이 가장 많이
나오거든요. I 성향은 확실한데 그 안에서도 미묘하게
다른 두 주인공의 성향을 소설로 읽으니 영화 〈트루먼
쇼〉(1998)가 생각났어요. 이 영화 보셨나요? 한 남자의
인생이 생중계되고 있다는 상상으로 시작된 영화. 저는
처음에 보고 정말 충격을 받았던 영화입니다. 나를
지켜보는 눈이 있다니, 상상만으로 소름이 돋습니다. 혼자
있는 시간을 즐기는 제 모습을 누군가가 지켜보고 있다면?
소설 속 주인공들에겐 제가 지켜보는 눈이겠죠?

MBTI로 모두를 나눌 수 없겠지만요. 이 책에서도
언급되었듯, MBTI는 누군가에 대한 관심이라고
생각합니다. 나 자신에 대한 관심도 포함해서요. '그깟 거
해서 뭐해?'라고 하지만 이 또한 삶의 재미인 걸요.
소소한 삶의 재미들을 놓치지 말아요. 소소한 재미들이
쌓여서 안 소소한 행복이 될 수 있는 거 아니겠습니까.

저는 주말에 경북 금호 도서관에 강연을 하러 갑니다.
주제가 개인적인 이야기라 좀 걱정이 되긴 하지만 모두에게
재미있는 강연이 되도록 노력해보겠습니다. 그나저나
익숙지 않은 장거리 운전이 걱정이에요. 도착해서 바로
강연장으로 뛰어 들어가야 할 것 같아요. 한여름의 열기가

박
효림

구
선아
한창인 8월인 만큼 열정적으로 몸을 쓰는 일들이 많이 생기네요.

이번 달도 잘 마무리하고 다음 달에 다시 만나요!
이 또한 지나가리라. 그리고 우린 또 나이를 먹으리라.

구
선아

누군가를

이해할 수 있을까

다행히 전 컨디션이 좀 좋아졌습니다. 목과 허리가 굳은 상태지만요. 목은 아무래도 작업 시간이 늘어난 여름이어서 그렇고, 허리는 아이를 빠르게 들어올리다 삐끗했어요. 몇몇 마감과 행사 준비를 해야 하지만, 일단 모든 걸 미뤄놓고 해낙낙하게 편지를 씁니다. 저에겐 이 편지가 다른 마감들만큼이나 아니 그보다 더 중요하거든요.

그런데 E상하네요. INFJ나 INFP라고 하시는데, 춤 추는 모습이나 글쓰기를 보면 E거든요. 전 오래전 회사 다닐 때 MBTI 검사를 해본 적이 있는데 그때 결과는 기억이 안 납니다. 그러다 최근에 두어 번 해봤는데 모두 INTJ가 나왔어요. 물론 "저 사람 성격 어때?"에서의 성격은 고정된 게 아니라고 보여요. 좋아하는 것, 싫어하는 것도요. 그 사람의 생애주기에 따라 변하는 것은 상대방에 따라 상황에 따라 변할 수 있으니까요. 학창 시절의 저와 직장인이었을 때의 나는 너무도 다르고, 아이와 있을 때의 나와 친구들과 있을 때의 나, 읽고 쓰는 일을 할 때의 나는 똑같지 않잖아요. 아마 저도 직장인이었을 때는 E였을지도 모릅니다. 퇴근 후 약속이 없으면 실패자라고 생각했어요. 친구들이나 동료들과 어울리거나 이런저런 모임에도 참 많이 나갔습니다. 돌이켜보면 그땐 내가 좋은 것 싫은 것도 타인의 영향을 받거나 소비문화에 휘둘렸던 것 같아요.

전 〈스켑틱〉을 읽은 적은 없지만, 『우리는 모두 조금은 이상한 것을 믿는다』는 제목에 이끌려 봤습니다. 제목에서 기대한 내용의 책은 아니었지만 MBTI를 포함한 첫 파트를 흥미롭게 읽었어요. 말씀하신 다섯 가지 요소 중 신경증이 가장 새로웠고요. MBTI의 가장 큰 맹점은 인간의 성격 특성 중 하나인 신경증 즉, 부정적 정서성과 정서적 불안정성에 관한 내용이 없다는 것입니다. 신경증을 통해 건강과 행복, 인간관계 등을 중요하게 예측할 수 있다고 하는데도 말이죠. 그리고 또 하나의 맹점은 내가 보는 나로 문항의 답을 선택한다는 거죠. '나'를 이야기할 때 많이들 질문을 던지는 지점인데요. 존재론적 질문이기도 하고요. 내가 생각하는 나와 남들이 보는 나 중 어떤 게 진짜 나일까? 내가 생각하는 나와 남들이 보는 나 중 어떤 내가 더 중요할까? 사는 방식이나 가치관에 따라 다른 답을 가진 질문이죠. 저는 이전에는 '타인의 시선 따윈 필요 없어, 내가 생각하는 내가 중요해'라고 생각했지만, 요즘엔 둘 다 진짜 나고 둘 다 중요하다는 생각이 들어요.

MBTI와 연결되는 것이 별자리도 있지만 빠질 수 없는 것이 혈액형입니다. 전 혈액형을 믿지 않습니다. 『우리는 모두 조금은 이상한 것을 믿는다』에도 나와 있지만 그 어느 것도 과학적으로 증명된 게 없다고요. 연구 결과라고 내놓은

구
선
아

66

연구들이 모두 표본이 부족하고 편향적이에요. 특히 혈액형
성격론은 1927년 일본에서 처음 시작한 것으로 누가 봐도
과학적 근거가 부족하죠. 그럼에도 어릴 적 월간잡지 맨 뒤에
실리는 혈액형이나 별자리 운세를 찾아보았고, A형, B형,
AB형, O형을 나누어 편을 갈라 게임을 하기도 했어요. 참, 제가
훌륭 님께 "혈액형이 뭐예요?"라고 물었을 때 "동네링"이라고
했다가 "이상형"이라고 했던 건 기억하시나요? 미남형이라고
말하지 않은 게 다행입니다. (웃음) 진짜 혈액형은 A형이라고
하셨어요. 그리곤 단박에 저의 혈액형도 맞추셨죠. 전
저를 A형이라고 하는 사람을 처음 만났습니다. 아무래도
편지를 주고받으며 드러나지 않는 성향과 기질을 파악했기
때문일까요? 그렇다면 혈액형으로 나뉘는 성격 유형이 어느
정도 맞는다는 걸까요?

인간은 정말 너무 복잡합니다. 그런데 별자리, 혈액형,
MBTI 모두 너무 단순하죠. 그렇다고 모든 걸 믿지 말라,
쓸모없다고 주장하는 건 아닙니다. 과학이 관찰과 실험과
통계를 통한 결괏값이라면, 훌륭 님이 자신과 잘 지내는
사람은 모두 A형 아니면 O형이라고 확언하는 것처럼
개인의 축적된 경험이 개인에겐 과학적 근거니까요. 그리고
전 이런 성격 유형 예측 도구들이 어느 정도 필요하다고
생각합니다. "쟤는 T형 인간이지" "쟤는 F형이니까"

혹은 "나는 I형 인간이야" "나는 P형이었지" 등 상대적
성향을 파악하면 나와 누군가의 관계에 있어서, 혹은
내가 나를 바라볼 때 덜 상처받거나 더 이해할 수도 있지
않을까요? 그리고 첫 만남에서 분위기 전환 도구로도 좋은
듯해요. 책방 모임에서 MBTI를 물으니 한마디도 않던
김기자들까지 너나없이 대화에 뛰어들더군요.

참, 영화 〈트루먼쇼〉는 열 번 이상 봤어요. 조지 오웰의
빅브라더도 올더스 헉슬리의 완벽한 사회도 로이스 로리의
기억 전달자와 기억 보유자도 생각나는 영화죠. "우리는
누구나 보이는 세상이 진실이라고 믿고 살죠(We accept the
reality of the world with which we're presented)"라는 대사를
좋아해요. 그리고 영화에서 "난 누구죠(Who am I)?" 하고
묻는 트루먼의 대사가 우리가 MBTI에 열광하는 이유
아닐까요? 난 내가 누군지 알고 싶은데 도통 모르겠고, 넌
더 모르겠고. 나도 너도 조금이라도 알기 위해서요. 더구나
지금 탈물질화된 디지털 세상에선 모두 '나'를 새로운
도구로 보여주기에 심취해 있으니까요.

『혹시 MBTI가 어떻게 되세요?』도 결국 관계와 이해에 관한
책이라는 생각이 들어요. 책에 나오는 대화 중 "그래도
나는 MBTI가 좋아, 누군가를 알고 싶은 마음이라니

기특하고 귀엽잖아"와 같은 마음이고요. 타자를 부정하는
시대가 아니라 타자와의 새로운 관계 맺기라고 생각하면
부정적으로만 볼 것도 아니라는 생각과 함께요.

책에 실린 여섯 개의 소설 중 전 당연히 INTJ 주인공이
등장하는 소설부터 읽었습니다. 소개팅에서 INTJ빈
아니면 된다는 말에 ISTP라고 속인 주인공이 결국 INTJ인
걸 들키게 되고 "지독하게 인티제스럽다"라는 말을 듣게
되죠. 아직 겪지 않았지만 모두 겪어낸 듯 단언하는 말과
아연한 눈빛이 놀라웠어요. MBTI만으로 이렇다고? INFJ의
세계에서 MBTI를 통해 어떤 사람인지 빨리 알 수 있고
"시간을 아낄 수 있잖아"라고 말하는 건 냉소적이지만
부모 세대나 사회가 "누굴 천천히 알아가면서 살" 시간을
주지 않은 것이 사실이라는 생각도 들었고요. INFP가
주인공인 소설에선 "그즈음에 그게 자꾸만 슬퍼서 드라마든
영화든 그 비슷한 것들만 보면 울었어"에선 INTJ지만
공감했습니다. 제가 하나의 슬픔에 꽂히면 모든 걸 그
하나의 슬픔에 투영해 보는 때가 종종 있거든요.

그럼 INFJ 또는 INFP인 황소자리이자 A형이신 훌륭 님,
INTJ이면서 처녀자리, A형인 저는 이제 책상에서
일어나야겠습니다. 별일 없이 다시 만나요.

독자의
책방 이용법

구선아

온라인으로 먼저 연결, 오프라인으로 방문한다

우연히 책방을 방문하는 사람도 있지만, 많은 독자가 온라인을 통해 먼저 알고 책방을 찾는다. 그중 반은 책방에 가야지! 계획하여 오고, 다른 반은 우연히 지나다 여기가 책방이었네! 문을 연다.

책과 공간과 분위기를 소비한다

내가 운영하는 책방은 개인 서재처럼 다정하게 꾸며져 있다. 책만 팔지만, 책만 파는 책방은 아니다. 책방을 가득 채운 책과 음악과 대체로 고요하고 가끔 소란해지는 무엇. 작은 책방은 책방마다 다른 분위기를 팔고, 독자는 그 분위기를 산다.

특별한 책, 운영자가 추천한 책, 취향에 맞는 책을 고른다

독자들은 책방에서 운영자의 책이나 책방에서만 구매할 수 있는 책, 동네서점 에디션을 많이 찾는다. 그리고 책 표지에 손 글씨로 책 소개를 남긴 책, 책방 운영자에게 추천받은 책, 책방 소셜미디어에서 정성스레 소개한 책을 사거나 둘러보다 '발견'한 책을 산다.

작가와의 만남, 책 읽기 모임이나 클래스에 참여한다

시의에 따라 운영자 관심에 따라 출판사 협업에 따라 독자 니즈에 따라 작고 큰 모임과 행사, 수업이 진행된다. 독자는 작가를 만나기 위해, 공감과 위로와 위안을 위해 자기 계발과 자기 성장을 위해 사이드잡 또는 새로운 목표를 위해 참여한다.

박훌륭

책방의 SNS를 탐색한다

책방이 주로 취급하는 책의 종류와 책방지기의 특성을 파악한다. 여기서 셋 번째로 볼 것은 책방지기의 글 스타일이다. 입고된 책 목록이나 책방의 분위기, 책 소개 등을 두루 읽다 보면 관심이 가는 책방이 나타날 것이다.

동네 책방의 영업 방식 알기

동네 책방은 직접 찾아가서 구경하고 책을 고르는 재미가 있다. 하지만 거리가 멀거나 상황이 여의찮으면 온라인으로도 책을 구매할 수 있다. 대부분 택배를 이용하기 때문에 책 제목을 하나하나 글로 써서 남기는 약간의 아날로그 감성만 있다면 쉽게 주문할 수 있다.

책은 어떻게 고를까?

1번에서 그 책방의 성향이 파악되었다면 주로 어떤 종류의 책을 파는지 알 수 있다. 책방의 SNS나 주문장으로 주문하면 된다. 책 소개 내용을 잘 살펴보고 관심이 가는 책을 주문해보자. 온라인에서 구매할 수 있는 책은 전국 어느 동네 책방에서도 구할 수 있다.

나는 단골

1~3의 과정을 한 번만 거쳤더라도 그대는 그 책방의 단골이다. 이제는 아주 편하게 아날로그 감성과 단골이라는 자부심으로 책을 주문하면 된다. 심지어 SNS 다이렉트 메시지로 "이거, 이거 주문합니다"라고 남기면 알아서 배송해주는 편안함도 느낄 수 있을 것이다.

단골+

주문까지 했다면 당신은 책방의 핵심 멤버다. 그러니 SNS에 댓글도 달아보고 이벤트에도 참여하여 더욱 친해져보자. 동네 책방은 정이 오가는 곳이다. 책방지기는 손님과 친해지고 싶다.

박
훌륭

우리에게도

제철은 있다

질투를 부르는 계절입니다. 이제 완연한 가을이라고 쓰려고
했는데 점심을 사러 나갔다 오니 그냥 여름이네요. 오늘은
오전에 밀린 강의 계획서를 쓰고 오후엔 아이 픽업 전까지
포도를 먹으며 이 글을 쓰고 있습니다. 저는 자타공인 과일
마니아라서 안 좋아하는 과일이 없어요. 지금 아독방에서는
'초희 자두 증정 이벤트'를 하고 있어요. 제가 우연히 소개로
먹어본 자두인데 '초희' 자두는 자두 중에서 가장 늦게
수확하는 만생종이래요. 8월 말에서 9월 초까지 수확하고
크기도 크고 단단한 과육 특성상 저장에도 용이하다고
합니다. 맛있는 거 먹었으니 제 주변 사람들에게 먹여봐야
직성이 풀리는 관계로 자두를 9월 굿즈로 내걸었습니다.
우리도 제철 과일을 먹다 보면 '제철' 인간이 될 수 있지
않을까요?

제철 과일을 먹다 보니 생각나는 책이 있는데, 바로
유진규의 『맛의 배신』입니다. 부제가 '우리는 언제부터
단짠단짠에 열광하기 시작했을까'인데요. 이 책을 읽어보면
'제철'에 대한 그리고 오리지널 음식에 대한 욕구가 막
올라옵니다. 저는 치킨을 즐겨 먹습니다만 슈퍼 닭 키우기
대회를 통해 짧은 시간 안에 목표하는 크기로 양산된
닭들의 비밀을 알고 나니 우리가 '즐겨 먹는' 것 중에서
자연스럽고 제대로 된 건 대체 뭐가 있을까 궁금해지기도

했습니다. 혹시 순살 치킨에 많이 쓰는 브라질산 닭을 아시나요? 포털에서 검색해보면 가슴이 떡 벌어지고, 필라테스를 20년은 한 것 같은 자세를 한 닭을 만날 수 있습니다. 사실 순살 치킨에 쓰는 닭은 이 싸움 닭이 아닌데 이 닭이라고 하며 많이들 웃곤 했죠. 그래서 살이 많았구나… 하고요.

박
훌륭

『맛의 배신』을 보면 우리가 음식에 대한 자제력이 약한 게 아니라 식품에서도 고도의 산업화가 진행되면서 진정한 맛을 잊어버리고 자극에만 예민해진 걸 알 수 있습니다. 그도 그럴 것이 식품 분야 산업화는 100년 내외로 정말 얼마 되지 않았거든요. 우리가 적응할 시간도 없이 자극적인 맛에 열광하고 있는 겁니다. 내 탓만 있는 건 아니라는 거죠. 하지만 우리는 한 번 먹기 시작하면 배가 부르다는 감정조차 느낄 수 없을 만큼 먹는 데에 집중하게 되고, 나중에 "아 배불러" "별로 안 먹은 거 같은데 왜 이러지?" "다시는 이렇게 안 먹어야지" 등의 자율주행 현실 도피형 문장들을 되뇐 다음 또 그러곤 합니다. "맛있다!"라는 문장은 진정한 의미를 잃어버린 지 오래인 것 같아요.

음식 문제와 관련해서 생각나는 책이 또 있는데요. 실비아 타라의 『팻』입니다. "나는 물만 먹어도 살쪄"라고

말하는 분들이 있죠? 물을 얼마나 드셨는지는 모르겠지만
어쨌든 어느 정도는 사실일 겁니다. 저자는 운동을 열심히
하는데도 다른 사람처럼 살이 빠지지 않는 자신을 보며
문제가 있다고 판단해 지방*fat*에 관한 모든 걸 조사하기
시작합니다. 그래서 이 책에서는 지방에 대한 모든 것과
지방에 관한 이야기가 나옵니다. 우리 몸은 평생 살을
가지고 환경에 대한 엄청난 적응력을 보입니다. 살아남기
위해 진화하고 그렇게 살아남은 것이기 때문에 축복받은
능력이죠. 하지만 그것 때문에 운동을 늘 하는 사람이
1킬로그램을 빼려면 운동량을 엄청나게 늘려야 합니다.
한번 운동을 시작한 사람의 몸에는(실제로는 뇌) 이미
그의 운동량과 패턴이 각인되어 있기 때문이죠. 어찌
보면 평생 과격한 운동을 안 하고 산책 정도의 운동량을
유지하고 음식을 조절하는 것이 지방과 절교하는 가장 좋은
방법일지도 모릅니다.

저는 '약국 안 책방'에서 가끔 운동합니다. 온몸을 쓰는
직업은 아니기 때문에 이렇게라도 해야 근력을 유지할
수 있어요. 이젠 나이를 먹으니 누가 제 옆에서 "하나 더"
"하나만 더!" 외치는 걸 견딜 수가 없어서 피트니스 센터도
다닐 수가 없어요. 제가 운동을 하는 목적은 명확한데요.
곱게 나이 들기 위해서, 아이가 초등학생일 때도 거뜬히

들고 업고 메고 할 수 있기 위해서입니다. 그래서 아이의
몸무게에 초점을 맞춘 운동을 주로 합니다. 예를 들어
데드리프트는 아이가 땅바닥에서 잠들었을 때 들어
올리기 위해서고요. 스쿼트는 그 후 아이를 들고 곧게 서기
위해서입니다. 잡기 좋은 바벨이나 덤벨이 아니라 사람을
들고 업고 메려면 그보다 최소 1.5~2배는 무거운 무게를
다룰 수 있어야 하거든요.

생각해보면 이 모든 건 산업화에 따른 필연적인
문제들일지도 모릅니다. 우리는 늘 편리하고 시간을
절약하는 방법을 찾곤 하죠. 일이 바쁘고 시간이
모자란다고 생각하니 다른 데서 아끼려고 하는 건
당연합니다. 하루 일과를 끝내고 집으로 돌아와 누워서
간식을 먹거나 맥주를 홀짝이고 야식을 시켜 먹는 기쁨은
편리합니다. 반면에 우리에게 칼로리와 쓰레기의 축적을
가져다주죠. 그래서 '음식-운동-환경'은 떼려야 뗄 수 없는
세트 같아요. 그런 면에서 제 눈에는 음식-운동에서 더
나아간 플로깅*plogging*이 정말 멋지고 대단해 보입니다.

사실 꼭 플로깅이 아니라도 우리는 평소에 환경 문제를
많이 생각하는 사람들입니다. 우리가 분리수거 최상위권
나라의 국민이라고 들었거든요. 하지만 아쉽게도

박
홀륭

구
선아

분리수거된 쓰레기들의 재활용률은 미미하다고 합니다.
이 내용은 노플라블럼의 『**어쩌면 당신의 가방은 무거워질
수 있겠지만**』이라는 책에서 봤어요. 노플라블럼은
'노＋플라스틱＋프라블럼'의 합성어라고 합니다. 이 책은
15명의 사람이 각자 생활에서 플라스틱 안 쓰는 생활을
해보고 기록으로 남긴 것을 묶은 겁니다. 플라스틱 제품의
사용과 재활용에 대한 현 상태를 객관적인 자료를 통해
알려주고 사람들이 플라스틱을 전혀 쓰지 않는 생활을
해보면서 어려움을 겪는 모습을 보여주는 건데, 흡사 예전
TV프로그램〈만 원의 행복〉을 보는 것 같아요. 당장 저만
해도 점심, 저녁을 시켜 먹는 경우가 많고 약국에서 쓰는
약병들은 죄다 플라스틱이라 플라스틱을 쓰지 않는 것이
얼마나 어려운지 이해할 수 있었습니다.

또 이런 저런 이야기를 막 했네요. 참, 라디오에 고정으로
나가신다고요? 저는 〈이금희의 사랑하기 좋은 날〉에 한 번
출연해봤으면 좋겠습니다. 매일 듣는 라디오 방송이기도
하고 이금희 아나운서를 두어 번 만나 뵌 적 있는데,
다독가로 유명하세요. 그 프로그램에 출연해서 책 이야기를
나눠보면 정말 재밌을 것 같아요. 그런 날을 고대하며 이번
편지는 마칩니다.

오늘은 야식 금지입니다!

구
선아

기후변화 시대의

제철 없음

박
훌륭

이제야 비가 완전히 지나갔어요. 장마가 끝났나 싶더니 태풍에 폭우까지. 아독방의 비 피해는 모두 복구가 되었나요? 우주 방어 급으로 물이 안 새게 해두었다고 들었는데 괜찮았는지요. 저의 책방은 이번 여름 다행히 비 피해가 없었지만, 지하라 걱정이 많았습니다. 서교동의 생수 고시내이고 색빙 신뿔보 늪은 시내에 있으나 2021년 여름 장마에 비 피해를 보았죠. 아, 정말 떠올리고 싶지 않네요. 제가 책방에서 모 출판사와 회의 중이었는데 한쪽 벽과 바닥 틈에서 물이 새어 들어왔습니다. 그걸 책방 사진 촬영 차 들른 사진작가가 발견했다죠. "작가님, 여기 바닥만 코팅한 건 아니죠?" 무슨 말인가 한참을 생각했습니다.

지난여름의 폭우는 기후변화를 포함한 환경에 관해 자주 생각하게 했어요. 물론 저뿐만이 아니겠죠. 아파트 지하 주차장이 비에 잠기고 도로가 잠기고 인명 피해도 여럿 났으니까요. 그리고 우리가 제철 과일과 음식을 먹으려면 '제철'이 있어야 하는데. 제철이 사라지고 있는 것만 같아요. 과일을 포함한 식재료의 산업화와 기후변화가 함께 '제철 없음'을 만들어내고 있어요.

기후변화는 인간의 고도화된 산업화와 함께 왔죠. 코로나 때문에 인간의 움직임이 잠시 멈추며 깨끗해졌다는

뉴스를 보기도 했지만 아주 잠깐이었을 겁니다. 지금은
더 쓰레기를 만들고 있으니까요. 특히 먹는 것과 관련한
쓰레기가 엄청납니다. 코로나 시대를 건너며 우린 어떤
음식도 일회용 용기에 포장해 먹기 시작했죠.

구
선아

책방을 하면서는 종이 쓰레기를 많이 봅니다. 택배 상자,
종이봉투, 책갈피, 포스터나 각종 지류. 버려지는 종이가
많습니다. 종이라고 모두 재활용이 되는 건 아니잖아요.
코팅 종이, 일회용 종이컵, 종이 테이프는 재활용이 안
됩니다. 인쇄된 종이는 재생 과정에서 탈색 처리되어 재생
종이가 된다고 하는데요. 재생 종이를 사용하려면 또
가격이 일반 종이보다 비쌉니다. 그러니 책이나 종이로
무언가 만드는 생산자의 입장이 되었을 때 고민하게
됩니다.

장마 기간에 전 김기창의 『기후변화 시대의 사랑』을 다시
읽었습니다. 폭우, 폭염, 혹한, 백화, 해빙 등 기후변화를
배경으로 한 다양한 사랑 소설집이에요. 신경을 자극하는
판타지 스릴러부터 내 생활과 꼭 닮은 이야기까지. 정말 열
편을 모두 정신없이 꼭꼭 씹으며 읽었어요. 최근 몇 년간
읽은 단편소설집 중 몇 손가락 안에 꼽는 책입니다. 「하이
피버 프로젝트」는 평균 기온 54도, 체감온도 73도, 짙은

박
훌륭

미세먼지가 기본인 세상에 지어진 돔시티와 추방자의
이야기인데요. 매년 기온이 높아지고 미세먼지가 많아지는
날을 보니 상상만은 아니라는 두려움도 느껴졌고요. 열
편 중 저는 「약속의 땅」이란 이야기가 가장 좋았습니다.
책에는 여덟 번째로 실려 있지만 소설가가 첫 번째로 쓴
이야기라고 해요. 갯벌과 뜨거운 온도에 빙산빙이 녹아 설
곳 없는 북극곰과 회색곰, 인간이 대치하는 이야기예요.
읽는 내내 심장이 쫀쫀해지는 느낌이 들었습니다. 자연의
약육강식과 인간 사회의 인류애를 생각하게 했어요. 인간이
인간인 건 인류애나 기후변화 시대의 윤리를 지나치지
않기 때문이라고요. 해피 엔딩이 아닌 새드 엔딩이지만
어쩌면 당연하지! 하는 생각이 드는 결말도 무척 마음에
들었습니다.

책엔 날씨에 관한 묘사가 많이 등장해요. 그런데
이 문장들이 주는 감각이 낯설지 않아 어느 순간
무섭더라고요. "피부가 익어가는 소리" "옥상 바닥에서
흘러내린 열기" 같은 건 듣거나 보진 못했어도 매우
현실적인 상상이 가능했거든요. 그리고 북극부터 원룸까지
무척 다양한 공간과 북극곰부터 9급 공무원까지 다양한
생물종과 직업군이 등장해요. 아마 기후변화는 지구
어디서도 누구도 피해갈 수 없다는 의미겠죠.

누구나 기후변화에 두려움을 느끼지만 환경을 보호해야
해! 쓰레기를 줄여야 해! 온실가스 발생을 최소화해야 해!
하는 주장은 고루하게 느껴져요. 제가 사는 곳은 일주일에
두 번 수요일과 일요일에만 재활용 쓰레기를 분리 배출할
수 있는데요. 플라스틱에 붙은 비닐을 제거하고, 일회용
용기를 닦고, 상자에 붙은 테이프를 떼며 종종 생각해요.
아니 내가 이렇게 십 년 닦고 분리하는 것보다 재건축 한
번 안 하면 될 텐데? 인테리어 공사 한 번 안 하면 될 텐데?
하고요. 설마 우리, 파국을 맞이해야 파국인 줄 알게 되는 건
아니겠죠?

구
선아

그런데 이 책은 그 어떤 환경 관련 책보다 힘있게
느껴졌거든요. 쓰레기에 관해 회의적이었던 제가 텀블러를
쓰고 안 입는 옷을 모아 기부하고 음식 쓰레기도 줄이기
시작했으니까요. 아마 이야기의 힘 때문 아닐까요? 그래서
『기후변화 시대의 사랑』은 그 어떤 환경 책보다 힘이 있다고
느껴졌어요. 지구가 처한 문제를 의식적으로 인식하기
위함이 아니라 문학적 상상력을 통해 감각적으로 생각하게
했어요. 그 어떤 정보보다 정서로 사람의 마음과 사람의
행동까지 움직이는 거죠. 기후변화의 위기가 미래의
이야기가 아닌 오늘의 문제라고요.

"왜 소설을 읽어? 매우 비효율적이야!"라고 생각했던
때도 있었어요. 그런데 점점 '소설은 힘이 있다'는 생각을
하게 돼요. 『기후변화 시대의 사랑』을 쓴 김기창 소설가는
작가의 말에서 "좋은 것들을 지키기 위해 우리는 더 많은
두려움을 느껴야" 한다고 말해요. 비극이든 희극이든 오래
기억되고 기록되니까요. 그리고 이승우 소설가는 『당신은
이미 소설을 쓰기 시작했다』에서 "소설은 가장 먼저 그 글을
쓴 작가 자신에게 결정적으로 유익하다. 소설가는 소설을
통해 세상을 견딜 힘을 얻는다. 세상의 불합리와 파렴치와
몰인정을 이길 힘을 얻는다"고 했는데요. 소설은 아니지만
글 쓰는 사람으로서도 비슷한 생각이 들거든요. 전 분명
글을 쓰면서 아주 조금은 예전보다 나은 사람이 되었고
세상과 함께하는 힘을 기르고 있으니까요.

아무튼, 오늘 밤만이라도 쓰레기를 만들지 말아야겠습니다.
전 당장 내년 여름의 장마나 미래의 생활 불능의 지구
상태도 두렵지만, 내 아이가 자라면서 누리지 못할 제철이
더 두렵거든요.

박
훌륭

지옥이란

무엇인가

12th Letter

구
선아

한 주 잘 보내셨는지요? 저는 말씀하신 우주 방어를 하며
적당히 스릴을 느끼며 보냈습니다. 아시다시피 책방
천장에 워터파크가 개장하는 바람에 안전 요원으로 10일
정도 근무했습니다. 비가 새서 울고 있었단 이야기지요.
그 여파로 예정되어 있던 윤고은&염승숙 작가, 정한아
크ㅐ의의 북도그ㄹ 긴행ㄷ기 믓겠이요. ↑ㅁ기 ㅣㅓㄳㅇ
때와는 다르게 요즘에는 너무 갑작스레 억수 같은 비를
만날 때가 많습니다. 이 모든 건 자연이 아프다는 신호를
보내는 거겠죠. 환경 문제는 간 질환 같아요. 엄청 눈에 띄는
사인을 보내지 않고 참고 참다가 드러나는 그런.

저는 새는 비를 감상하고 감시하며 한쪽 구석에서
가스파르 코에닉이 쓴 『지옥』이란 소설을 읽었어요.
다 읽고 나니 그래도 지금 내가 천국에 살고 있는 건가,
진짜 지옥은 어디일까? 등의 웬만하면 하지 않는 '깊은'
생각을 하게 되었어요. (당시) 제 감정 상태도 한몫했음을
부인하지 않겠습니다. 이 소설의 주인공은 평범하게
살았고, 타인에게 해를 끼치는 등의 나쁜 짓은 전혀 하지
않은 경제학 교수입니다. 그는 성실히 삶을 이어나갔고
꽤 평범하게 죽었습니다. 그래서 천국으로 판단되는 곳에
입성하게 되죠. 도착하자마자 각 잡힌 붉은색 유니폼을
입은 직원이 반갑게 맞이하며 한도가 없는 신용카드를

건네줍니다. 그는 의아했지만 평소에 입어보지 못한 비싼
옷을 사고, 가고 싶었던 도시로 여행을 갑니다. 퍼스트
클래스 비행기표를 끊어서요!

기쁨은 잠시였습니다. 공항에 도착했지만 그 공항은 출구가
없어요. 아무리 어디지기 찾아봐도 없어요. 급기야
화장실까지 들어가보지만 나가는 곳이 없어요! 그는 어쩔 수
없이 다른 도시로 또 여행을 갑니다. 또 옷을 사고, 비싼 음식을
먹고, 마사지를 받고 비행기를 또 타요. 살아있을 때 갖고 싶은
것, 하고 싶은 것 등 쓸데없는 욕망을 억누르고 잘 살았다고
생각했는데 억눌렀던 것들이 다시 그에게 되돌아왔습니다.
마음껏 해보라고요. 나중에 알고 보니 그곳은 여행을 가지
않으면, 즉 탑승권이 없으면 아무것도 할 수가 없었습니다.
전부 면세 구역 안에 있는 거죠! 이승에서는 일하느라 멀리
여행 갈 시간을 낼 수 없어서 저승에 와서야 꿈에 그리던
여행을 하나 싶었는데 이게 웬 날벼락일까요? 그는 뭘 그리
잘못했길래 이 지옥에서 계속 돌아다녀야 하는 걸까요.

가스파르 코에닉은 지옥을 색다르게 보여줬습니다만 저는
또 다른 생각이 들었습니다. 그는 주인공이 생전 해보지
못한 여행을 원 없이 하게 하고 고독을 느끼게 했습니다.
물론 주인공은 이런 식의 여행을 원하지는 않았지요.

흔히들 죽음을 영원한 여행이라고도 하고 고독함을 나 자신 안으로의 짧은 여행이라고도 합니다. 죽음과 지옥과 고독과 여행의 연결고리. 꼬집어 말할 수는 없는데 희미하게나마 서로 연결된 줄이 보이는 기분이에요. 다른 사람들 눈에는 열심히 살았는데 지옥에서 끝도 없는 여행을 한다? 뭐지? 열심히 살지 끝나는 신가? 그렇게 만서라 맛은 아닐 깁니다. 게다가 성실하게 사는 것은 주어진 삶을 존중함으로써 나를 존중하는 방법이기도 하니까요. 그렇다면 주인공은 무엇을 빠트린 걸까요?

여기서부터는 제 생각입니다. 선아 님은 고독해본 적 있으신가요. 혹은 홀로 여행을 떠나본 적은요. 아니면 고독을 대하는 사회의 시선이 좋지 않아서 애써 사람들과 어울려본 적은요. 저는 주인공이 자신에게 숨 쉴 틈을 주지 않았다고 생각합니다. 삶을 다른 사람들의 눈에 맞춰 살았고 그래서 '잘' 살았다고 자부하는 모습이 그 증거입니다. 이 정도면 나도 성공했어, 이만큼 했으면 열심히 한 거 아냐? 그걸 판단하는 잣대를 자신이 정한 게 아닌 거죠. 그는 너무 여행을 하지 않았습니다. 우선 자기 안으로의 여행인 고독이 먼저 필요했을 거 같아요. 대부분 고독하다고 하면 부정적으로 여기는데, 저는 반대예요. 혼자만의 시간을 가져보지 않은 사람은 항상 시간에 쫓깁니다. 이거 해야 하는데, 저거 해야 하는데, 하면서요.
요즘 시선으로 본다면 대단히 거꾸로 된 일이죠. 혼자만의
시간을 가지면 시간이 낭비될 것 같은데 말이에요. 이건
항상 지름길이 빠르진 않다는 걸 의미합니다. 천천히,
찬찬히 가는 인생이 오히려 다양한 것을 접하며 다채롭게 갈
수 있어요. 거기시 파생되는 게 창의력이죠. 특히 요즘에는
어마어마한 정보들과 오감을 자극하는 것들투성이라서 나
자신이 조용할 틈이 없습니다. 자꾸 확신할 수 없는 정보와
자극을 받는 상황에서 어떻게 창의력이 생길 수 있겠어요.
창의력이 필요한 작가나 예술가들이 혼자만의 시간을 자주
가지는 건 그 이유일 겁니다.

파스칼은 이런 말을 남겼다고 해요. "우리의 불행은 거의
모두가 자신의 방에 남아 있을 수 없는 데서 온다." 이 말을
거꾸로 하면 자신의 방에 있을 수 있다면 행복할 수 있다는
말입니다. 고독함은 이 얼마나 행복할 수 있는 기회인가요.
돈 들이지 않고 자기만의 방을 만들 수 있으니 말입니다.
미안하게도 『지옥』의 주인공은 죽어서야 생각하기 시작한
문제를 우리는 소설을 읽으면서 미리 해볼 수 있습니다.
'나는 좀 고독해질 필요가 있겠어' '나도 계획 없이 고독한
여행을 한번 떠나봐야겠다' '오늘은 혼술 해야지' 그게 뭐든
상관없겠지요. 한 걸음 더 자신과 가까워진다면요.

구선아

사실 현실은 그렇습니다. 혼자 시간을 가질 수 있는 사람이 어디 흔하겠습니까. 다들 바빠요. 시간 낭비에 사치라고 생각합니다. 하지만 자기만의 아지트에서 아무것도 안 하더라도 자기와 대화를 나눠보는 건 인생의 맛을 알 수 있는 좋은 기회라고 생각해요. 일부러 시간을 내어 혼자 있어 보기를 추천합니다. 혹시 선아 님은 그런 아지트가 있나요? 아! 강원도를 좋아하고 영감도 많이 받는 장소라고 언급하신 기억이 나요. 저는 기껏해야 낯선 곳의 카페나 공원에 가서 혼자 있는 시간을 가끔 가집니다. 그래야 에너지가 차오르는 편이거든요. 물론 채우는 데에 오래 걸리긴 합니다. 하하.

편지가 길었네요. 이 편지를 받을 때쯤 선아 님은 '천국'에 계시겠지요. 이 편지는 마포구 공덕동에서 최초로 시작되어 일년에 한 바퀴를 돌면서 받는 사람에게 행운을 주었고, 지금은 당신에게로 옮겨진 이 편지는 7일 안에 당신 곁을 떠나야 합니다. 이 편지를 포함해서 300통을 행운이 필요한 사람에게 보내주셔야 합니다. 복사해도 좋습니다. 혹 미신이라 하실지 모르지만 사실입니다. (웃음)

건투를 빕니다! 우리에게 딱 맞는 행운의 편지와 함께!

구
선아

지옥을 생각하는

이유

박
훌륭

고독을 원하는 훌륭 님께,

행운의 편지라니. 어렸을 때 정말 행운의 편지가 유행이던
때가 있었습니다. 집 우편함에 여러 통 도착해 있던 날도
있었죠. 학교에서 쉬는 시간 자리에 돌아와보니 책상
서랍에 끼워져 있던 기억도 있고요. 아니 행운의 편지를
모르는 분도 많을 거예요. 펜팔을 아는 세대가 행운의
편지도 알 거라는 생각이 드네요. 학창 시절을 떠올리니
정말 아득합니다. 지옥도 천국도 아닌 이 생이 아닌 것 같은
기분이 들어요.

여행을 좋아하는 사람이 많죠. 여행만 하며 살고 싶어 하는
사람도 많고요. 하지만 끝없는 여행, 도착지 없는 방랑은
지옥일 것 같아요. 여행이 좋은 이유는 돌아올 곳이 있고,
돌아와서 또 떠날 수 있기 때문 아닐까요? 소설가 다카하시
아유무가 "소중한 것을 깨닫는 장소는 언제나 컴퓨터 앞이
아니라 파란 하늘 아래였다"고 했는데 전 여기서 소중한 것
중 하나가 돌아올 곳이라고 생각하거든요. 『지옥』의 끝없는
여행을 통한 깊은 고독은 끝이 있는 삶을 사랑하라는
의미겠지요? 아, 생각해보니 여행의 이유도 삶을 사랑하라,
같고요.

여행은 혼자하는 여행도 좋고 여럿이 하는 여행도 좋아요.
다만 여행하는 방법이 맞아야 하죠. 전 여행지에서
물건들보다 장면들을 모으는 일을 좋아해요. 예전처럼
자주 여행하지 못하지만, 다행히 전 집 밖으로 나서면 모든
곳이 여행이라고 생각하는 사람이에요. 그래서 먼 여행을
못 가도 상실감을 느끼거나 하진 않습니다. 물론 아직
지구상에 가보고 싶은 장소들이 많긴 하지만요.

구
선아

시간에 쫓기듯 살기 싫어 지금과 같은 삶의 방식을 택한
이유도 있는데요. 그렇다고 시간을 몽땅 나를 위해 쓰지는
못합니다. 언제나 해야 할 일과 하고 싶은 일이 있고 그
사이사이 예상치 못한 삶의 순간들이 생겨나니까요. 전
혼자 있는 시간은 꽤 많습니다. 조직에 속해 근무하는
형태도 아니고 매일 책방 문을 열고 손님을 만나는 것도
아니니까요. 그러나 저 역시 혼자 있는 시간이 열렬하게
필요합니다. 여기서 혼자는 '일'과 '삶'을 벗어난 쓰임을
위한 시간이에요. 고독을 느끼기 위해서는 아닌 것
같아요. 특별히 아지트는 없습니다. 정말 혼자 있고 싶을
땐 영화관에 갑니다. 책을 읽는 건 고독한 일은 아닌 것
같아요. 앞선 편지에도 썼지만, 책은 누군가와 연결되는 일
같거든요. 그런데 영화관에선 영화만 봐야 합니다, 움직일
수도 없고 말할 수도 없죠. 영화관 밖 세상 이야기도 들을

수 없습니다. 음, 고독함이 행복에 가까운 감정인지는 모르겠습니다. 고독함이 글 쓰는 사람에게도 개인에게도 필요는 하지만 행복의 요건은 아니라는 생각도 들어서요.

희망이 없는 곳이 지옥이라고 생각해요. 아, 영화관에서 보았던 웹툰을 원작으로 한 〈신과 함께〉(2018)가 생각납니다. 그 영화를 보며 단테의 『신곡』을 떠올렸어요. 아마 지옥을 배경으로 한 많은 창작물이 여기서 시작한 것이겠죠. 블레이크나 들라크루아는 단테의 『신곡』에 영향을 받아 수많은 그림을 남겼고 로댕의 '생각하는 사람'과 '지옥의 문'도 신곡에서 영향을 받은 것으로 유명하죠.

수년 전에 도쿄 우에다공원에 있는 국립서양미술관에 '지옥의 문'을 보러 갔었습니다. (우에다공원은 제가 도쿄에서 가장 좋아하는 장소예요.) 그리고 무라카미 하루키 때문에 알게 된 프란츠 리스트는 '단테 소나타Dante Sonata'를 만들었어요. 단테 소나타라는 이름과 작품 배경이 너무 멋져 당시 단테와 관련한 음악을 찾아 들었습니다. 프란츠 리스트의 '순례의 해' 앨범은 CD로 아직도 가지고 있어요. 단테의 『신곡』을 모티브로 한 자코모 푸치니의 오페라 '3연작 시리즈(Il Trittico)'도 가지고 있고요.

단테의 『신곡』은 시인 베르길리우스가 베아트리체와
10일간 지옥, 연옥, 천국을 순례, 여행하는 이야기죠.
고대 신화와 역사 속 인물들을 만나며 인간의 삶과 문화,
지식에 관한 모든 이야길 나눕니다. 정말 모든 이야기요.
인생에서 필요한 것들과 과정을 여행에 빗대어 쓴 거죠.

구
선아

선 "우리의 인생 여정의 중간에서, 나는 캄캄한 숲(una
selva oscura)에 부닥쳤네. 올바른 길을 잃고서"라는 유명한
문장이 있는 지옥 편만 읽었습니다. 조금 오래전에요. 지옥
편을 읽은 이유는 단순합니다. 지옥 편이 신곡에서 가장
잘 알려져 있고 첫 번째 여행지였으니까요. 사실 조금 읽기
어려웠습니다. 기독교 사상에 그리스로마 신화가 합쳐진
내용인데요. 제가 학창 시절 세계사를 싫어했거든요. (웃음)
지금은 그때만큼 싫어하진 않지만, 당시 학습 부진의
결과가 아직도 이어지고 있습니다. T.S. 엘리엇이 "서양의
근대는 단테와 셰익스피어에 의해 양분된다"고 한 말을
어느 글에선가 읽고 단테의 대표작과 셰익스피어의
대표작을 찾아 읽었어요. 어려운 책을 일부러 찾아 읽을
때였죠.

『신곡』의 원제목은 『단테 알리기에리의 코메디아*LA
COMMEDIA DI DANTE ALIGHIERI*』입니다. 희랍어
'코모디아'에서 파생된 '코메디아'는 희극*comedy*을,

'트라고디아'는 비극*tradegy*을 뜻한다고 해요. 삶은
희극이란 걸까요? 비극이란 걸까요? 단테가 "나는 신곡을
지옥의 비참함에서 시작하지만 천국의 행복을 보여주기
원한다"고 했으니 찰리 채플린의 유명한 말인 "인생은
가까이서 보면 비극이지만 멀리서 보면 희극"이라는 말과
같은 걸까요? 전 가슴 세게 힘든 일이 생길 때 이 말을
생각합니다. 지금 이 시련은 희극으로 가는 과정이라고요.
영화나 문학은 비극이 오래 기억되지만, 인생은 해피
엔딩이 포함된 희극이길 바라거든요.

제가 고전문학을 즐겨 읽거나 많이 읽는 독자는 아닙니다.
그런데 고전을 읽을 때마다 놀라요. 그 시대에 이런
게 쓰였다고? 하는 놀라움보다 아니 아직도 변한 게
없네? 혹은 변하지 않는 게 있구나! 싶어서요. 『신곡』도
1308년~1320년에 쓰인 글입니다. 이 단테의 신곡에 영향을
받은 사람도 작품도 무척 많습니다. 작품 자체의 위대함도
있겠지만 변하지 않는 인간의 서사나 보편적 문제 때문이지
않을까요?

이 편지는 여행지에서 쓰고 있습니다. 예상하신 대로
강원도예요. 제가 좋아하는 낙산사에서 반나절을 보냈어요.
특히 파도가 높고 바람이 조금 부는 날의 낙산사를

좋아해요. 파도 소리를 들으며 걷고 멈추기 좋거든요. 이번에는 태어나 처음으로 돈을 내고 크고 튼튼하고 가장 예쁜 초도 샀습니다. 소원을 쓰고 불을 붙였어요. 이전에는 지옥과 천국 같은 단어를 포함해 기도라는 행위가 참 이상하다고 생각했어요. 돈을 내고 소원을 빌다니. 선 종교가 없습니다. 그런데 아이가 태어난 우 종종 기도합니다. 소원을 빕니다. 아이에게 행운 말고 행복이 있길요. 아이의 삶이 대체로 행복하길요. 아이의 삶에 비극이 전혀 없는 건 불가능할 테니까요. 오늘 여행의 한순간을 통해 아이는 이제 '기도'와 '소원'이라는 단어를 알게 되었어요. 기도할 땐 두 손을 모으고 눈을 감는다는 것도요.

구
선아

지금은 아이가 잠들어 혼자 있는 시간이에요. 맥주를 한 잔 마시며 잠시 책을 읽다 이렇게 편지를 씁니다. 고독이라기보단 낭만이라고 해둘게요. 밤을 새우며 혼자 있는 시간을 보내고 싶지만 체력이 부족하네요. 고독도 여행도 삶도 체력이 필요합니다.

일단 집으로 돌아가면 책장 어딘가에 꽂혀 있을 『신곡』의 다른 편을 꺼내 봐야겠습니다. 운동도 좀 계획해보고요. 계획이 아니라 실행을 해야 할 텐데요.

"그러나 내 마음을 무서움으로 적셨던
골짜기가 끝나는 어느
언덕 기슭에 이르렀을 때,

나는 위를 바라보았고,
벌써 별의 빛줄기에 휘감긴 산꼭대기를 보았다.
사람들이 자기 길을 올바로 걷도록 이끄는 별이었다.

그러자 깊은 좌절감에 젖어 고통스럽게 보냈던 밤,
내 마음의 호수에서 지속되었던
무서움이 조금은 잠잠해졌다."

_『신곡』「지옥편」, 민음사, 8쪽

박
훌륭

과거의 나보다

발전하고 자라고

구
선아

제가 맞혔습니다. 강원도! 낙산사에 다녀오셨군요? 가본 적은 없지만 이름만 들어도 마음이 고요하고 평안해지는 기분입니다. 저도 믿는 종교는 딱히 없지만 절에는 자주 가곤 했어요. 지금도 그런지 모르겠는데 우리 어릴 적에는 석가탄신일에 절에 가면 우뭇가사리 면이 들어간 콩국수도 주고, 비빔밥도 주고 그랬잖아요. 국시 기억하시는지요! 또 절은 등산하다가 쉬어가려고 자주 찾았습니다. 초등학교 때 살던 집 뒤에는 야트막한 산이 있었고 그 산에 절도 있었거든요. 헬기 착륙장도 있었는데 어릴 때는 거기까지 가기가 그렇게 힘들었던 기억이 납니다. 엉금엉금이라도 착륙장에 도착하는 날은 마치 승리라도 한 듯 참 뿌듯했었죠.

이야기가 샜습니다. 낙산사를 언급하셔서 자연스럽게 제가 읽고 있는 책과 연결이 되네요. 아시다시피 저는 어줍잖은 병렬 독서를 즐겨합니다. 의도한 건 아닙니다. 책방에 한 권, 집에 한 권, 차에 한 권, 가방에 한 권. 이런 식으로 다 펼쳐놓고 틈날 때마다 읽곤 합니다. 요즘 병렬 독서하는 책 중 하나가 『붓다』입니다. 놀랍지 않습니까? 낙산사와 붓다라니! 이 책은 만화입니다. 총 10권짜리죠. 『우주소년 아톰』 시리즈를 창작한 테즈카 오사무의 작품인데 현재 6권을 아주 재미있게 읽고 있습니다. 이걸 읽다 보면 본인의

종교가 불교는 아니라도 싯다르타의 고뇌와 여정에 박수를
보낼 수밖에 없습니다. 모든 것을 다 떠나 기존의 형식과
관습에 의문을 가지고 그것을 바꿔보려 한 사람은 추앙받아
마땅하니까요. 사실 『붓다』는 실화 바탕은 아닙니다.
적절한 허구가 가미되어 있어요. 그래서 더 재미있는
거겠지만요. 끝까지 읽어보니 헤르만 헤세의 『싯다르타』와
크게 다르지 않았습니다.

왜 뜬금없이 만화책을 읽고 있냐?고 묻는다면 '과거로의
여행'이라고 해야겠네요. 저는 초등학교 시절에 스쿨버스를
30분 이상 타고 다녔는데요. 막 뛰어다니고 돌아다녀야
하는 남자아이인데 얼마나 지겨웠겠어요. 그런데 어느
날 친구 중 한 명이 학교에 만화책을 가지고 왔습니다.
『붓다』였죠! 그 책을 빌려서 시끌시끌한 스쿨버스에서
저만의 세상을 형성하며 집중해서 읽었던 기억이 납니다.
너무 재미있었거든요!

솔직히 말씀드리면 그때 읽었던 책과 지금 제가 읽는 책이
같은 책인지는 모르겠습니다. 불현 듯 이 책이 생각나서
검색해보니 테즈카 오사무의 『붓다』만 나오더군요.
반신반의하면서 전집을 들여놓고 읽어보니 비슷한 것
같습니다. 무려 약 30년 전의 일이지만 친구가 시리즈인

박
훌륭

만화를 가지고 다녔다는 건 꽤 유명한 작품이라 부모님이
사줬다는 건데, 이 정도 분량의 만화는 잘 없으니, 판형은
다르지만 아마 같은 작품이 아닐까 유추해봅니다.

어쩌면 책 읽는 행위는 과거와 미래를 끊임없이 오가는
여행일 수도 있겠다는 생각을 합니다. 그리고 인간은 항시
과거의 나와 현재의 나를 비교하고, 현재의 나를 가지고
미래의 나를 설정하는 것이고요. 그런 면에서 과거의
나보다 발전한 현재의 나를 보는 것은 누군가에게 인정받지
않더라도 스스로 인정 욕구를 충족하는 행위입니다.
초등학생 시절 읽었던 책을 다시 읽어본다, 5년 전 읽었던
책을 재독한다는 건 어떤 의미일까요? 좀 더 발전한 자신이
그 시절 읽던 책을 다시 읽는 건 나에게 어떤 영향을 줄까요.
독서는 참 값진데 비용이 적게 드는 여행이네요.

여행도 독서와 비슷한 의미를 지닌다고 생각합니다.
산티아고 순례길은 그곳에 다녀오신 분들이 에세이를 꽤
내면서 대중에게 알려졌습니다. 순례길을 걷는 건 제가
지난번 편지에서 말씀드렸던 '고독'과 함께하는 여행이라고
할 수 있겠습니다. 그 말은 내 자신과 치열하고 깊은
내면의 대화를 나눌 수 있는 기회라는 거지요. 프랑스에는
비행 청소년들을 대상으로 한 도보 여행 프로그램이

있다고 합니다. 쇠이유(SEUIL)라는 단체에서 진행하는
프로그램인데요, 여기에 참여하는 이는 대부분 가출, 절도,
학교 폭력 등을 일삼다가 교도소에 수감된 아이들이래요.
그들은 이 프로그램에 참여하는 100일 동안 2,000킬로미터
이상을 낯선 사람들과 함께 걸어야 합니다. 그런데
득이하세도 홀도 외곱게 긴고 닌 뒤 새로운 싫을 시작하는
청소년이 정말 많다고 합니다. 이 청소년들은 여행을
통해 지금 자신이 처한 상황을 똑바르게 마주한 것일지도
모르겠습니다.

그러고 보면 앞서 언급한 『붓다』의 싯다르타든
『싯다르타』의 싯다르타든 자신과의 대화에 성공한
사람들인 것 같네요. 우리도 책을 곱씹으며 읽다 보면
싯다르타의 여행에 동행하고 자신을 한 번쯤은 돌아보게
되는 거겠지요. 그것이 책의 힘이자 여행의 힘일 겁니다.

그럼 여행은 이런 고독한 여행만이 능사인가. 당연히
아니겠죠. 개인적으로도 나중에 독한 여행을 하느니 평소에
틈틈이 고독하고 말겠습니다. 그리고 자신에게 쉼을 주면서
지금 내 자신을 직면할 수 있는 그런 여행을 가고 싶어요.
모든 여행은 때가 있다고 생각합니다. 제가 한창 여행에
매력을 느껴 많이 다닌 적이 있는데, 그때 용기를 내 한

박
훌륭

달 살기를 해볼 걸 하고 지금은 많이 후회하고 있습니다.
다시는 그때의 체력과 시간을 두고 여행하진 못할 텐데
말이에요. 그 여행의 끝이 어디든 분명히 과거의 나보다
지금의 나는 발전하고 자라 있을 겁니다. 그래서 많은 분이
여행을 자주 다니셨으면 좋겠습니다. 다양한 방식으로요.
패키지 여행, 번시민의 삶과 동화되는 여행, 급한 여행,
아무것도 안 하는 여행 등 할 수 있는 건 많잖아요.

여행 이야기를 하다 보니 하루를 엉금엉금 마무리하더라도
그 하루를 보냄으로써 조금씩 자라고 있다는 걸 잊고
있었네요. 글을 쓰다 보니 정리가 됩니다. 요즘 고민거리가
좀 있었는데, 그래요. 저도 어제보단 오늘이 나은
사람입니다. 그건 분명해요.

여행지에서
책과 함께하는
법

구선아

여행지를 배경으로 한 소설, 산문을 미리 읽거나 챙겨 간다

여행 가이드북이 아닌 여행지 도시가 등장하는 소설이나 산문집을 여러 권 고른다. 몇 권은 미리 읽고 가장 읽었던 책 두 권은 여행지에서 읽는다.

상상 여행 일기를 쓴다

구글 지도를 보며 여행 전에 상상 여행 일기를 쓴다. 여행에서 돌아와 여행 에세이집을 출간하겠다는 마음으로 정성껏 쓴다.

실제 여행 일기는 쓰지 않는다

일기 대신 매일 시간별 동선과 장소, 장면, 소비, 쇼핑, 만난 사람 목록을 쓴다.

책을 읽으려 애쓰지 않는다

아침, 저녁 숙소에서 틈이 나면 책을 읽는다. 여행하며 틈틈이 꼭 읽지 않아도 된다. 읽기보단 하루의 목록을 쓰거나 장소의 이동에 따라 달라진 정보나 감각을 기록한다.

여행지 서점에서 책을 산다

어느 도시라도 서점은 꼭 찾는다. 언어가 달라 읽지 못하면 한국어 번역본 책이나 그림책, 컬러링 북이라도 한두 권 꼭 책을 산다. 이 글을 쓰고 있는 서재에 샤먼에서 산 도시 지도책이 보인다.

박훌륭

기본 자세

나는 여행에서 완벽한 '쉼'을 추구하기 때문에 가급적 책을 챙기지 않거나 한 권만 고른다.

긴 여행

만약 비행기를 타고 가는 긴 여행이라면 페이지가 잘 넘어가고 끊어 읽어도 무리가 없는 소설을 선택한다. 주로 아침 먹은 후와 점심 먹기 전 또는 모든 일정을 마치고 잠자리에 들기 전에 읽는다. 여행지에서 책을 읽을 때 가장 좋은 점은 내일을 걱정할 필요가 없다는 거다. '쉼'에 어울릴 만큼만 읽는다.

짧은 여행

기차를 이용하는 짧은 여행에선 주로 에세이를 챙긴다. 읽다가 까무룩 잠들어도 여운이 남는 맛이 있다. 책을 읽다 잠들면 꿈을 꾸기도 한다. 그땐 아주 높은 확률로 방금 읽은 내용에 관한 꿈을 꾼다. 어쩐지 옆자리에 앉은 사람이 바뀌는 것도, 지금 있는 지역이 달라진 것도 모두 산문집의 한 장면 같다.

어떤 여행

아이와 함께하는 여행에는… 절대 책을 가져가지 않는다.

여행 후

나만의 여행 에세이를 쓴다. 여행의 여운과 기억이 사라지기 전에 써놓아야 나중에 들춰봤을 때 그 기억이 더욱 생생하다. 예전에는 인터넷 여행 카페에 내용을 공유했지만, 이제는 혼자 간직한다. 이 모든 과정이 내 여행책이 된다.

15th Letter

구
선아

늙음을 알아채는 건

한순간

계절이 바뀌었습니다. 우리는 엉금엉금 하루를 보내는데 계절은 너무 부지런하네요. 이러다 곧 "어젠 첫눈이 왔어요"라고 호들갑 떨며 편지를 시작하겠어요. 이 계절이 되면 조금 초조해집니다. 곧 또 한 살의 숫자가 더해지니까요. 나이는 숫자에 불과하다지만 숫자는 많은 뜻을 가지니까요. 제 아이는 벌써 씽씽 눈이 오길 기다립니다. 빨간 단풍이 채 떨어지지 않았는데, 떨어지는 빨간 단풍을 보며 빨간 썰매를 타고 싶어 해요.

그 사이, 아주 힙한 곳은 아니지만 대체로 젊은이들이 꽤 멋지게 차려입고 오는 가게에 갔습니다. 저 역시 제가 요즘 가장 좋아하는 착장을 하고요. 오랜만의 저녁 외출에 신이 났죠. 잠깐의 수다 후 오래 일 이야기를 했지만요.

그때 "너희는 늙어봤니, 우리는 젊어봤다!" 분위기에 맞지 않는 건배사가 들렸습니다. 크고 묵직한 목소리였어요. 가게의 음악이 잠깐 멈춘 느낌이었습니다. 저와 친구는 주변을 두리번거렸죠. 건배사가 울려 퍼진 테이블엔 머리가 흰 할아버지 네 분이 멋진 슈트를 입고 있었어요. 전 그 건배사를 듣고 웃음이 먼저 터졌지만, 이내 눈물이 찔끔 났어요. 웃음은 적막을 깬 우렁찬 목소리 때문이었는데, 눈물은 왜였는지 모르겠습니다. 묵직한 울림이 떨림으로

들렸기 때문일까요? 그 전엔 알지 못했지만 지금의 나이가
되니 조금은 알게 된 것이 있기 때문일까요? 이상한
기분을 느낀 건 저만이 아니었나 봅니다. 박수 소리도
들렸거든요. 할아버지들은 자신들이 "한국의 산이란 산은
모두 가본 더는 갈 산 없는 백수들"이라고 했습니다. 퇴직
후 가끔 그날처럼 양복을 입고 벗신 곳에서 만난다고 해요.
"늙었다고 어디 써주지도 않아. 학력 경력 감추고 이력서
내고 있다" "앞으로 이십 년은 더 살 텐데. 뭘 하고 사냐"
"아내가 장사할 생각은 하지도 말래. 까먹지나 말라고"
그렇게 자신들의 쓸모의 다함을 저녁 내 토로했습니다.
쓸모는 사회와 가정에서의 쓸모만 있는 것이 아닌 데도요.

우연히도 그날 제 가방엔 『내가 늙어버린 여름』이 담겨
있었습니다. 어느 순간 노인이 된 자신을 자각하며 늙음에
관해 쓴 이자벨 드 쿠르티브롱의 책인데요. 그는 자유롭고
독립적이고 체계에 순응하지 않는 삶을 살았어요. MIT에
자신의 이름을 딴 상까지 생길 정도로 성공한 학자이기도
하고 여성주의 글쓰기부터 내밀한 글쓰기까지 섭렵한
성공한 문학가이기도 해요. 그런 그가 이 책에선 노인이
되면서 느끼는 감정적 신체적 사회적 변화를 거침없이
말해요. 경험과 사유와 문학을 통해서요. 몸과 정신의
쇠퇴를 통해 여성으로서 자신의 삶을 바라보는 객관적

구
선아

시선이 매우 솔직해 책을 읽는 내내 움찔거리게 되었습니다.
저도 당장의 일은 아니지만 언젠가의 일이니까요.

책은 "날이면 날마다, 온 사방의 젊은이들이 그녀의
눈에 들어오기 시작한다. 그녀에게 무슨 일이 생긴
거냐고? 나이를 먹었을 뿐이다. 그 여름에 그녀는, 노인이
되었다"라는 문장으로 시작합니다. 노인은 한순간에 되는
게 아닌데. 그 여름에 노인이 되었다니. 늙음을 알아채는
건 한순간이겠지요. 밤샘 작업이 불가능해졌던 지난 어느
여름밤, 저도 저의 늙고 있음을 인정했으니까요. 이렇듯
이자벨 드 쿠르티브롱은 이 한순간을 재난에 비교합니다.

늙음은 신체적 노화, 물질적인 제한뿐 아니라 세상 밖으로
조금씩 밀려 나간다는 위기와 자신이 세상을 이해하지
못한다는 두려움도 포함되어 있어요. "마음과 정신만 늙지
않으면 돼!"라고 하는 말은 아직 늙지 않은 사람의 말일
겁니다. 생물학적으로, 숫자적으로, 사회적으로 늙으면
정서도 정신도 늙습니다. 인간에게 늙지 않는 건 변하지
않는 건 없어요. 그렇죠. 세상은 정말 빠르게 변합니다.
제가 직장 생활을 시작한 후 아이폰이 처음 나왔는데 이젠
챗GPT 시대가 되었으니까요. 아마 앞으로의 세상은 더
빨리 많이 변하겠죠.

할아버지들을 만난 후 거리 곳곳의 늙음을 살피게
되었습니다. 그 누구도 자신의 늙음을 원한 적 없을 테죠.
시크한 할머니나 귀여운 할아버지, 지적인 할머니나 세련된
할아버지는 소설이나 영화 속에만 있는 것 같습니다.
무표정의 노인들은 자신이 어찌할 수 없는 보통의 늙음과
함께입니다.

구
선아

그때였어요. 지하철 역이었습니다. 할머니와 할아버지가
커다란 기타 가방을 등에 메고 손을 잡고 가더군요. 기타
가방엔 악보로 보이는 얇은 책자도 꽂혀 있었습니다. 아마
기타를 배우러 가는 길로 보입니다. 할머니는 긴 플레어
꽃무늬 치마에 하얀 운동화를 신었고, 할아버지의 한 손엔
낡은 문고판도 한 권 들려 있었어요. 어느 젊은 커플보다도
그들의 뒷모습은 왠지 신나 보였어요. 그들은 기타를 배워서
가수가 되려는 걸까요? 물론 아닐 겁니다. 이젠 산이 질린
퇴직자이든, 오래전부터 기타를 치던 사람이든, 이제 막 한
줄 두 줄 튕기는 입문생이든, 어떤 누구든, 그들의 늙음은
구태의연한 늙음과는 다르기를 상상해봅니다.

『내가 늙어버린 여름』에는 이렇게 늙어라, 저렇게 늙어라
따위의 조언은 없습니다. 하지만 전 이 책을 보며 늙는 게 덜
두려워졌습니다. 용기 같은 것이 슬그머니 피어올랐달까요.

어쨌든 전 늙으면서 지금보다 많이 읽을 테고, 쓸 이야기도
많아질 테고, 시간이 지나면서 지금은 알 수 없거나
이해하지 못했던 것을 조금은 더 알아갈 테니까요.

편지를 끝내면 책에 등장한 도리스 레싱의 단편 「어둠이
오기 전의 여름」과 마르그리트 뒤라스의 『여름비』를 읽어볼
참입니다. 지나가는 여름들이 무척 아쉬운가 봅니다. 요즘
제목에 여름이 든 책만 읽고 있네요. 이러다 겨울이 오면 또
겨울이 깃든 책을 읽게 되겠죠?

박
훌륭

늙는다는 것은

늘어가는 것

16th Letter

선아 님, 그간 무탈하게 지내셨는지요? 보내신 편지를
읽다 보면 선아 님은 주변의 따뜻하고 아름다운 모습을
자주 발견하시는 것 같습니다. 저는 그런 광경을 자주
보진 못하는 것 같아요. 나름 관찰을 즐기는 사람인데도
말이에요. 아마 선아 님의 시선이 따뜻하기 때문이
아닐까 생각합니다. 만약 제가 "너희는 늙어봤니, 우리는
젊어봤다!"라는 갑작스러운 건배사를 들었다면 다른
반응을 했을 거 같아요. 물론 저는 술을 마시지 않기 때문에
그런 일은 거의 일어나지 않겠지만요.

늙음이라, 저도 늘 마주하는 주제이자 이야기입니다.
얼마 전 책방에서 갓 50대가 된 여성분에게 선물할
책을 추천해달라는 요청을 받았습니다. 한 권을 이미
골라두셨는데 혹시 더 적합한 책이 있을까 하고 물어보신
것 같았어요. 조금 고민을 해봤는데 그분이 책을 잘
고르셨더라고요. 오평선의 『그대 늙어가는 것이 아니라
익어가는 것이다』라는 책이었어요. 적절한 선택인 것 같아
따로 추천은 하지 않고 '그레이 헤어'를 예찬하는 『고잉
그레이』를 선물로 드렸습니다. 정말 좋아하셨어요.

예전에 비하면 '늙음'에 대한 관점이 좀 변한 것 같습니다.
기대 수명이 늘어서 은퇴 후나 자녀들이 장성하고 난

뒤에도 남아 있는 시간이 많기 때문으로 보여요. 그 시간을
잘 활용하려면 우선 나 자신부터 아는 것이 중요합니다.
내가 직면한 환경과 상황을 제대로 알고 거기에 맞게
무언가를 해야 하거든요. 그런 의미에서 늙어간다는 건
지금껏 살아온 방식과 다르게 삶을 살기 시작해야 한다는
뜻입니다.

제 스타일로 해석하자면 늙는다는 것은 늘어가는 것과
다르지 않습니다. 키가 크고 생각이 자라고 마음이
넓어지며 모든 것이 '늘어가는' 것이겠죠. 그러다 몇 번의
순간에 살짝 꺾이는 시기가 옵니다. 아마 그 시기엔 좋았던
옛 기억을 자주 떠올리고 앞으로 어찌 살아야 하나 고민도
늘 거예요. 그 '기억'들이 추가되는 거예요. 바로 'ㄱ'입니다.

늘어가는 것 + ㄱ(기억) = 늙어가는 것

어때요? 꽤 괜찮지 않나요.

그래서 저는 애초부터 늙는 것은 느는 것이라고 생각하며
삽니다. 사실 늙으면서 안타까운 건 신체적 능력이
떨어지는 것뿐이지 두 물라요. 생각도 늘고, 기계도 생기고,
일반적으로 별이도 늘잖아요. 시간이 많아지기도 합니다.

구
선아

이젠 다들 예전처럼 살지 않습니다. 몸이 예전 같지는 않지만 취미를 적극적으로 찾고 사람도 더 많이 만나며 새로운 일을 시도하기도 하죠. 사실 저는 이런 사회적인 변화가 놀랍습니다. 그래서 제가 60대가 되었을 때 제 모습이 기대되기도 해요. 얼마나 재밌을까?

많은 사람이 나이를 먹어가며 가장 걱정하는 일이 건강이죠. 뭐든지 건강해야 할 수 있으니까요. 먹는 약 개수도 늘어가니 걱정이 느는 건 당연한 것 같습니다. 나는 평소에 운동을 열심히 했는데 왜 혈압이 높지? 혹은 나는 채식만 하는데 왜 콜레스테롤이 높은 거야? 등의 의문도 많아질 겁니다. 제가 아는 푸른 약국의 약사님이 하는 말을 빌리자면 그런 걸 신경 쓸 필요는 없다는 겁니다. 유전적인 요인은 여기에도 작용하거든요.

더불어 제가 추천하고 싶은 책이 있습니다. 나고 나오키가 쓴 『적당히 건강하라』입니다. 일본은 우리나라보다 더 초고령화 사회인지라 이런 논의가 활발하네요. 책은 전체적으로 투박한 느낌이긴 합니다. 논지에 맞는 데이터를 활용하고, 저자가 의사 출신이라 병원에서 상담받는 기분이 들기도 합니다. 하지만 일반적으로 병원에서 듣는 말과는 좀 다릅니다. 우리가 건강하려고 하는 이유는? 나이

들어서도 행복하려고. 이게 이유겠죠? 그러면 건강에 너무
집착하는 건? 오히려 행복을 갉아먹는 일일 수도 있다고
저자는 말합니다. 큰 줄기에서 너무 가지를 치고 나가다
보면 줄기를 잊어버리곤 하죠.

우리는 신상해서 행복하려고 건강검진도 받고 영양제도
먹고 처방 약도 먹습니다. 그런데 검사 수치에 지나치게
예민하다든지 영양제를 꼭 챙겨 먹어야 한다든지 하는
생각은 행복에 해가 될 수 있어요. 제가 자주 만나는 분
중에도 헤모글로빈 수치가 정상(12~12.5)이었는데 그 밑으로
내려갔다고 바로 철분제를 사러 오시는 분들이 있어요. 또
혈압이 좀 올라갔다고 혈압에 좋은 영양제를 달라는 분들도
있죠. 그럴 필요 없습니다. 12라는 수치는 정해놓은 기준일
뿐, 심지어 정상 기준도 병원마다 조금씩 다릅니다. 그러니
진부하지만 평소에 철분이 충분히 들어간 음식을 자주
섭취하고 적당히 운동하는 것이 제일이에요.

나고 나오키는 우리가 건강검진을 하고 새로운 약을
많이 챙겨 먹지만 별로 달라진 게 없다고 주장합니다.
쉽게 이야기해서 의학의 발전으로 기대 수명은 늘었지만
70세 이후 건강 수명은 딱히 변한 게 없다는 말이에요
건강해지려고 약 먹고 운동하는데 건강 수명이 늘지

않았다니? 배신당한 기분이네요. 심각한 질병은 이야기가 다릅니다만 어느 정도 건강한 사람들은 건강에 집착하지 말고 즐겁고 행복하게 할 수 있는 일을 하라는 게 이 책의 요지입니다. 그게 오히려 건강에 이롭다고요.

저는 나이 들면서 가장 절감하는 변화가 있는데, 바로 흰머리와 체력입니다. 흰머리가 엄청 많아졌고 뜀박질이 힘듭니다. 전부 신체적인 문제네요. 아 참! 얼굴은 별로 신경 쓰지 않습니다. 중학교 때부터 이 얼굴이었거든요. 이제 딱 제 나이로 보이는 것 같네요. 선아 님은 건강을 잘 챙기는 편이신가요? 저는 신경 쓰지 않는다고 생각하는데 읽는 책 목록을 보면 꽤 신경 쓰나 봅니다. 그러고 보면 어릴 때가 참 좋았어요. 이렇게까지 신경 쓸 게 많지는 않았으니까요. 늘 어린이로 살고 싶지만 늘어가며 늙어가며 어느새 어른이 되었습니다.

오늘도 무탈하시길 바라며, 다음 편지 기다릴게요.

구
선아

어른의 몫을

다하며 사는 일

건강한 한 주 보내셨나요. 오늘은 왠지 건강부터 물어야 할 것 같아요. 저도 흰머리가 많아졌어요. 이젠 하나씩 보이던 흰 머리카락 뽑기를 포기했습니다. 뜀박질은커녕 계단 오르기도 헉헉대고요. 매일 운동을 결심하지만 달리기 책만 읽을 뿐 달리지 않고 있어요. 그래도 훌륭 님은 건강한 삶을 사는 거로 보여요. 담배도 술도 안 하고, 운동도 꾸준히, 책 읽기로 정신 건강까지 챙기시니 말입니다.

전 어릴 때 빨리 어른이 되고 싶었어요. 몸과 정신은 과부족한 상태였는데 마음만 빽빽했던 것 같아요. 그 빽빽한 마음을 기운 삼아 공부를 더 열심히 했으면 좋았을 텐데. 그러진 못했습니다. 돈을 벌고 싶었고, 멀리 떠나 여행자처럼 살고 싶기도 했어요. 생각해보니 스스로 선택하며 사는 자유를 원했던 것 같아요. 선택에 따른 책임이 필요하다는 걸 몰랐던 거죠. 책임지기 위해 그만큼 고통과 고독과 노력이 따라오리라는 것도요. 물론 늙음에 관한 생각은 전혀 해본 적도 없고 말이죠.

흔히들 성인과 어른을 다른 쓰임으로 쓰잖아요. 나이 듦과 어른도 동일어가 아니고요. 늙음이 신체적, 정신적인 늙음을 포함한 생물학적인 것이라면 어른은 정서적, 관계적, 사회적인 것이라는 생각이 들어요. 훌륭 님은 어른을 무엇이라고 생각하나요? 언제 어른이 되었다고 느끼나요?
제가 조금은 어른이구나 느낄 땐 어린이의 존재를 생각했을
때예요. 그들이 사는 세상, 살아갈 세상까지요. 저는 마음에
사랑이 많은 사람은 아니었어요. 좋아하는 건 많았지만
대부분 취향과 취미에 속하는 것들이었죠. 그런데 어느
새부턴가 마음에 사랑이 고였어요. 사랑이 나에게 흐르게
된 건 책과 어린이 때문이에요. 아름답다고 느끼는 것도
모두 그 사이나 근처에서 생겨났고요.

구
선아

어린이와 관련한 책이 두루 출간되던 시기가 있었습니다.
이전에는 어린이 주제의 성인 독자 책이라고 하면 학습과
교육, 육아 또는 성장기, 대화법 책이 많았죠. 그런데
김소영의 『어린이라는 세계』는 부모가 되어 아이를
키우는 이야기가 아닌 제삼자로 아이와 함께 커나가는
이야기의 책이었어요. 책을 보며 엉엉 울지는 않았지만,
마음이 덜컥거렸습니다. 어린이를 지나왔는데 어린이의
마음을 온전히 헤아릴 수 없고, 어른의 나이로 살고 있는데
어른은 아닌 채 사는 기분도 들었습니다. 그러나 다행히도
달리기는 책으로 배웠지만, 어린이는 몸과 마음으로 배우는
중입니다. 요즘 어린이들이 자꾸 저에게 오거든요.

책에 신발 끈을 묶는 일은 "어른은 빨리할 수 있고, 어린이는

시간이 걸리는 것만" 다르다는 이야기가 등장하는데요. 어쩌면 어른은 어린이를 위해서가 아니라 자신을 위해서 신발 끈을 묶어주고 옷을 입혀주고 무언가를 대신해주는 것 같기도 해요. 어린이가 자신의 감정을 제대로 느끼고 스스로 상황을 빠져나와야 하는데, 요즘 보면 부모나 옆 어른이 그 감정까지 해결하고 봉쇄하려는 글고 씨기 보여요.

"어린이는 우리 세계의 어엿한 구성원"인데 간혹 어린이를 소유물로 보기도 하고, 어린이를 가르쳐야 하거나 사랑해줘야 하는 대상으로 봅니다. 이건 "어린이를 만드는 건 어린이 자신이다"라는 걸 인정하지 않은 어른 때문일 겁니다. 어린이의 추억과 성취와 상처와 흉터와 장점과 단점이 어린이 '자신'을 만드는 건데, 부모의 유전적 성향과 생물학적 특징과 자신의 가르침으로 어린이를 성숙하게 만든다는 생각 때문에요.

책을 읽으며 어른의 세계도 떠올립니다. 어린이는 어른이 될 수밖에 없고 "어린이에게는 어른들이 환경이고 세계"가 되니까요. 보통 어른의 세계는 보통 어린이의 세계보다 고통이 클 겁니다. 끝없는 경쟁과 탈물질적인 소비, 대상 없는 혐오와 폭력, 어깨가 무거운 밥벌이. 그래서 아이가

어린이가 되고 청소년이 되고 청년이 되고 어른이 될
수밖에 없는 일이 슬픕니다. 이 일이 신나는 일이 되려면
누가 무엇을 해야 할까요? 조금 더 괜찮은 어른의 세계가
될 수는 없는 걸까요? 마음이 온통 사랑으로 고인 어른은
아니더라도, 이유 없는 폭력과 혐오와 무책임이 만든
시고는 없어야 하시 않을까요?

심보선의 시에 울면서 자전거를 타고 지나가는 남자가
등장합니다. 저는 이런 남자를 본 적이 있습니다. 그 남자는
예기치 못한 사고로 사랑하는 아이를 잃은 지 얼마쯤 아니
몇 년쯤 지난 후였습니다. 시간이 약이라는 말은 모든 일에
적용되는 게 아니었나 봅니다. 그 남자는 종종 자전거를
타며 우는 듯했습니다. 눈물의 속도는 자전거의 속도보다
빨랐습니다. 맑은 하늘에 낮달이 있었습니다. 그날부터
저에게 낮달은 슬픔이었습니다.

지금은 낮달을 봐도 슬프지 않습니다. "엄마 저기 봐봐,
하늘에 달 있어. 햇님과 달이 함께 있어. 친구인가 봐"라고
말하는 제 아이 때문일 겁니다. 아이는 슬픈 것도 다시
아름답게 만드는 힘이 있으니까요. 아마 자전거를 타던
그 남자도 아이의 말 한마디 때문에 다시 삭아내고 있은
겁니다.

세상은 우리가 생각하는 것만큼 견고하지 않은 것
같습니다. 언제 어디에나 틈이 있고 틈은 사소하게
벌어지고 손 쓸 시간도 없이 한 번에 무너집니다. 이젠
어른들이 그 틈들을 다른 덩어리로 만들어내기를 바랍니다.
다른 길을 내고 더 견고히 뭉치기를 바랍니다. 나의 아이가
훌륭 님의 아이가 조금 더 안전하고 혐오와 폭닉이 없는
세상, 예기치 못한 죽음에서 먼 삶을 살기를 바랍니다.

김소형의 『오늘 어린이가 내게 물었다』에는 아플 때 "혼자
있지 말고 나한테 와!"라고 말하는 어린이가 등장합니다.
제가 어린이였을 때 제 옆에 그런 어른이 있었다면 더
사랑스러운 어른이 되었을 텐데요. 전 이젠 누군가 아플
때, 슬플 때, 내게 오라고 말할 수 있는 어른이 되어보려고
합니다. 될 수 있을까요?

어른의 세계에서, 어린이의 세계에서 어른의 몫이란
무엇인지 생각하며 편지를 마칩니다. 어른의 몫을 다하며
살고 싶은 밤입니다.

박
훌륭

자연을 닮은

자연스러운 삶이란

완연한 가을로 접어든 날씨입니다. 일교차가 심한데
감기에는 안 걸리셨는지요? 감기만 조심하면 요즘은 제가
가장 좋아하는 날씨입니다. 저는 어릴 적부터 시원하고
좀 추운 날씨를 좋아했습니다. 항상 더위를 타고 땀을
많이 흘리는 편이어서 더운 날씨를 싫어했어요. 그러니
가을, 겨울을 좋아할 수밖에 없죠. 예전에 차가운 우유
이야기를 하면서 썼듯, 오직 '모든 것을 포기한 때'만 더위를
좋아합니다. 편안한 복장, 넉넉한 시간, 그리고 애초에
각오한 상황. 그래서 밖에 나와서는 매운 음식 근처에도 안
갑니다. 땀이 나기 때문에요. 땀이 나면 씻고 싶어서 참을
수가 없어요.

오늘은 출근하기 전에 30분 정도의 시간적 여유가 있어서
근처 공원에 갔습니다. 낙엽이 제법 많더군요. 처음 든
감정은 '부럽다'였습니다. 우리는 노화하면서 돌이킬 수
없는 방향으로 나아가고 있는데 떨어진 나뭇잎은 내년 봄에
또 자라날 거라고 생각하니 부러웠나 봅니다.

약국에서 일하다 보니 의도치 않게 세상을 떠나는 분들을
꽤 봅니다. 그리고 약해지는 분들도 자주 보고요. 얼마
전에도 10년째 보고 있는 할아버지를 마주했습니다. 이
할아버지는 제가 이곳에서 약국을 시작하고 처음 만났을

때부터 약값에 불평불만이 많았습니다. 다들 아시다시피 조제약의 경우 전국 어느 약국을 가나 약값이 동일합니다. 그런데 이 할아버지는 본인은 천 원만 내면 되는데 약값이 많이 나왔다고 버럭버럭 화를 냈습니다. 약값이 만 원이 넘어가면 노인 정액제가 적용 안 된다고 열심히 설명했지만 말이 통하지 않았습니다. 그분은 다른 약국에 가서 약값을 확인하기에 이르렀죠. 결과는? 당연히 똑같았습니다. 하지만 사과는 전혀 없었죠. 그 뒤에도 이 할아버지가 오시면 항상 똑같은 상황이 발생했습니다.

최근에 만난 이 할아버지는 많이 약해져 있었습니다. 몸도 마음도요. 이제는 약값이 얼마든 전혀 대꾸하지 않습니다. 걷는 것조차 힘들어 보일 지경이에요. 이 상황이 짠하면서도 다들 결국 세월을 비껴가지 못하고 늙어가는데 뭘 그렇게 바득바득 사는 걸까? 하는 생각도 들었습니다. 늘 이런 일을 겪으며 내가 익숙한 것을 바꾸는 것, 특히나 한 번 자리 잡은 사고방식과 가치관을 유연하게 수정한다는 건 나이 들수록 정말 힘든 일이라는 것도 깨닫습니다. 그렇지만 세상이 이렇게 빨리 변하는데, 어느 정도는 맞춰가야 하지 않을까요. 받아들일 건 좀 받아들여야 본인도 편해질 텐데… 아직은 거는 갈 모그겠습니다. 80세가 되면 받아들이기 힘겨워할지도요.

구
선아

낙엽 이야기로 돌아가볼게요. 다시 생각해보니 우리와 낙엽을 동일시할 수 없습니다. 우리와 같은 처지인 건 나무죠. 나무에서 떨어지는 나뭇잎은 우리의 머리카락과 노화한 피부 세포 정도 되려나요? 어느 시기까지는 규칙적으로 다시 자라고 회복되니 공평하긴 하네요. 자연 속의 모든 생명체는 신기해요. 그런데 나무는 나뭇잎이 떨어지는 걸 안타까워하고 언제 새잎이 돋으려나 하며 초조해할까요? 그러고 보니 우리는 남의 머리카락이 빠지는 걸 보고 이쁘다며 웃고 있었네요. 자연은 자신들의 자연스러운 삶을 보여주면서 아름다움이란 무엇인지 느끼게 해주는 것 같습니다. 제가 아무것도 하지 않는 시간을 갖고 싶은 이유는 어렴풋이 이런 결인 것 같습니다. 자연을 닮고 싶은 거요.

최근에는 책이 잘 안 읽혔습니다. 가을을 타는 건지 약간 '책태기'가 왔어요. 일주일에 한두 권은 읽지만 더 많이는 못 읽겠어요. 늘어나는 흰머리만큼 느끼는 권태의 종류도 다양해지네요. 저는 이럴 때 저를 자극할 수 있는 책을 읽곤 합니다. 아마 이건 나이가 들면서 활용해볼 만한 팁이라는 생각이 들어요. 현실에서 새로운 걸 받아들이기 힘들 때 책을 통해 뭔가를 시도해보는 거요. 그중에 SF 장르가 있어요. 너무 무거운 우주전쟁 같은 SF 말고 생활 속의

SF, 조금만 세월이 지나면 있을 법한 소재를 다루는 책을
읽어요. 그럴 때마다 찾는 책은 배명훈 작가의 책입니다.
『예술과 중력가속도』를 읽고 팬이 되었는데 최근에 나온
『미래과거시제』를 읽으며 '역시!' 하며 감탄했습니다. 이런
책들을 읽으면 살아온 것과 완전히 정반대로 살아보고
싶어요. 그게 뭔지 구체적으로는 밝히지 않겠습니다.

박
후룹

저는 가끔 만화를 보며 상상의 나래를 펼치기도 합니다.
최근에는 〈식사하고 가세요〉라는 웹툰을 봤습니다.
천재적인 감각을 가진 주인공 '이림'은 요리사로 대성할
실력이 있었지만 교통사고를 당한 후 감각신경성 후각
장애와 미각 소실을 함께 얻습니다. 주인공에게 인생을
바꿔야만 하는 시련이 온 거죠. 요리사가 향과 맛을 느낄
수 없다니. 폐인처럼 지내는 그에게 한 게임 광고가 눈에
들어옵니다. 가상 현실 게임인 '리얼'이에요. 그는 게임
안에서 요리사로 전직한 뒤 음식을 만들기 시작합니다.
그곳에서는 심지어 냄새를 맡을 수 있고 맛이 느껴져요!
이림은 성장형 게임을 진행하면서 여러 사람을 만납니다.
도움이 필요한 사람, 악의를 품은 사람 등에게 모두 요리를
선보이죠. 그렇게 인연의 실은 하나씩 만들어져서 뜨개질을
할 만큼 실타래가 쌓여요. 그 실타래기 이유있을끼요?
현실에서의 이림은 사람들과의 관계를 새롭게 만들어가기

128

구
선아

시작하고 후각이 아주 조금씩 돌아오기 시작합니다.
어둠 속에서 살다가 다시 빛을 보기 시작하는 사람은
어떤 심정일까요? 그 사람에게 다시 돌아온 빛은, 빛이
당연시되던 과거와 같은 의미일까요?

선아 님은 혹시 과거로 돌아갈 수 있다면 어떤 시실노
돌아가서 어떤 일을 하고 싶나요? 또 이런 책태기가 왔을 때
특별히 읽는 책이 있나요? 궁금하네요.

구
선아

작은 선택들이

만들어내는 아름다움

책태기인 훌륭 님께,

훌륭 님의 책태기가 저에게 옮겨왔나 봅니다. 지난 편지를
받기 전까지 책이 잘 읽혔습니다. 하지만 편지 이후 소설 한
권을 겨우겨우 읽었습니다. 소설은 재미없었습니다. 어떤
사회적, 문학적 의미가 있는지도 중요하겠지만, 녹사노시
재미가 우선이니까요. 책태기가 왔을 땐 쉬 읽히는 책을
읽거나 읽으려 하지 않습니다. 그럴 때 저는 책 대신 영화나
영상을 더 많이 봐요. 극복하려 노력하지 않는 거죠. 어차피
책으로 돌아오게 되어 있으니까요.

그래서 책 대신 영화 〈같은 속옷을 입는 두 여자〉(2022)를
봤습니다. 영화는 모성과 모녀, 관계와 정서적 사랑 등을
말하는 영화였어요. 감춰진 현실의 곳곳을 지독하게
긁어모아 두었더군요. 해피 엔딩도 희망의 메시지도 없지만,
비극적이진 않다고 생각했습니다. 현실에선 더 비극인 일이
많으니까요. 연달아 영화를 한 편 더 보고 싶었지만 도저히
기운이 나지 않았습니다. 그 핑계로 영화관 근처에서 밥을
먹고 커피를 마시고 책을 몇 장 읽다 돌아왔습니다.

영화에서 엄마 수정이 이런 말을 합니다. "나도 적당히
살고 싶었어. 그렇게 억척스럽게 살고 싶지 않았다고."

'억척스럽다'는 '열심히'의 부정어 같은 느낌이 있었어요. 사전을 찾아보니 '억척스럽다＝어떤 어려움에도 굴하지 아니하고 몹시 모질고 끈덕지게 일을 해나가는 태도' '열심히＝어떤 일에 온 정성을 다하여 골똘하게'란 뜻이더군요.

구
선아

전 마땅히 돌아가고 싶은 저의 과거는 없습니다. 모두 최선으로 살지 못했고, 기억하기 싫거나 바꾸고 싶은 과거의 순간들은 떨어진 낙엽만큼 많지만요. 저의 탁월한 능력 중 하나가 과거를 미화하여 기억하는 능력입니다. 아마 이것도 살아내야 하니까 발달한 능력일 겁니다. 그리고 살아오면서 많은 것을 배웠습니다. 무용한 아름다움부터 돈벌이에 쓸모 있는 기술까지. 아프거나 아름다워 잊을 수 없는 순간도 있고요. 그 순간이 모여 지금의 내가 있고, 내가 어떤 사람인지 조금은 예측하게 해요. 그런데 과거로 돌아가 선택이 달라지면 많은 게 변할 것 같아요. 영화 〈어바웃 타임〉(2013)을 보면 과거로 돌아가 작은 선택을 바꾸며 완벽한 하루를 만들어나가지만 미묘하게 다른 내일을 만들어버리잖아요. "갑자기 시간 여행이 불필요하게 느껴졌다. 인생의 모든 순간이 너무나 즐거웠기에"라는 대사는 저말 모든 순간이 즐거웠던 게 아니라 고통스럽고 아팠던 순간도 극복해내면 다시 즐거운

순간이 오기 때문에 쓰인 것 같아요. 그래도 만약 과거로
돌아간다면 저는 더 용감하게 살고 싶습니다.

얼마 전, 저보다 열 살 넘게 적은 독자를 만났어요. 저에게
"저 이제 서른 돼요. 어떻게 살아야 할까요?" 묻더라고요.
전 "그냥 막살아요"라고 말해줬습니다. 진심이었어요.
지금의 나이가 되니 '조금 더 막살아 볼걸' 하는 생각이
종종 들어요. 여기서 막은 진짜 막이 아니에요. 더 용감하게
살아도 된다는 뜻입니다. 어디 내로라하는 반항아까진
아니더라도 많이 울고 많이 웃고 많이 사랑하고 기억할
일을 더 많이 만들면서 새로운 일에 도전하는 그런
용감함이요. 그보다 더 과거로의 시간 여행은 꿈꿉니다.
영화 〈미드나잇 인 파리〉(2012)처럼요. 1920년대의 파리나
서울을 여행해보고 싶어요. 상상만 해도 너무 신나지
않나요? 그 시대로 가면 만나고 싶은 예술가들, 엿보고 싶은
작가들이 너무 많아요.

훌륭 님은 자연을 보면서 자연스러운 삶, 아름다운 삶을
생각했고 자연을 닮고 싶다고 하셨어요. 자연만큼 시간을
거스르지 않는 것도 존재하지 않는 듯해요. 전 계절을
구체적으로 인지하고 경험하는 걸 좋아하는데요. 아마
모든 순간 즐겁고 싶지만, 모든 순간 그럴 수 없기 때문에 더

계절의 감각을 느끼려고 하는 것 같아요.

이라영의 『말을 부수는 말』에 이런 문장이 나와요. "인간은 쓸모 이상의 쾌락과 위안을 원한다"라고요. 아름다움도 마찬가지 같아요. 어쩌면 인간의 삶에서 아름다움은 자연의 아름나움이면 충분할 텐데, 우린 책을 읽고 그림을 보고 영화, 음악, 연극 모든 매체와 방법을 통해 아름다움을 계속 갈구하잖아요. 자연의 아름다움도 사진이나 영상으로 담아 소유하려 하고요. 물론 여성의 몸을 아름다움으로 대상화하고 자본화하고 영토화하는 잘못된 인식도 생겨났고요.

구
섬아

저는 도시의 삶을 좋아하면서 자연을 동경합니다. 계절마다 게으르지 않게 변화하는 모습이 신비로워요. 같은 책에서 "해마다 피어나는 꽃을 보고자 하는 욕망은 '살아있음'을 보고 싶어 하는 마음"이라고 해요. 타자의 살아있음과 생명력으로 나의 존재를 확인하고 싶기 때문인 것 같아요. 하지만 이 "아름다움에 대한 관심은 단지 살아있음을 구경하는 것으로 그치지 않고 타자를 살리려는 행동을 끌어낸다"는 것에 아름다움의 필요성을 확고히 확인했습니다. 아름다우을 파괴하는 행동에서 우린 분노하고, 아름다움을 지키는 행동을 통해 우린 희망을 보고, 아름다움을 보며 다른 아름다움을 생각하게 해요.
『말을 부수는 말』은 차별과 혐오의 말에 저항하고 정확하게
보고 듣고 말하고 인식해야 한다고 말해요. 누군가 힘으로
정해놓은 말을 곧이곧대로 쓰는 게 아니라고요. 특히 여성은
더욱이요. 그래야 기울어진 정의를 아름다움으로 지킬 수
있게 되니까요.

물론 살면서 아름다움만 볼 순 없겠죠. 다만 인생의
장면마다 분명 아름다움이 있을 거예요. 계절마다
아름다움이 있듯이요. 우리도 다른 이들도 숨은 아름다움을
찾길 바라봅니다. 보태어 인생의 꼭짓점마다 마주하는
선택에 저도 훌륭 님도 부디 용기를 내봐요.

책태기
극복법

구선아

읽지 않고 쓰기

읽은 만큼 쓰고 싶어지고,
쓰다 보면 다시 읽고 싶어신다.

영화나 다큐멘터리 보기

신작 영화를 보러 영화관에 가거나, 보고 싶었던 영화와 다큐멘터리를 OTT에서 찾아 본다. 가끔은 작가의 생애를 그린 영화나 책을 원작으로 둔 영화도 일부러 찾는다. 때론 원작 책보다 훌륭한 영화를 만나는 기쁨이 있다.

미술관 가기

20대부터 전시 보는 걸 좋아했다. 처음엔 시각적 매혹 때문이었다가, 다음엔 공간의 텍스트화 때문이었다. 지금은 심미적 감상(aestheticization)을 위함은 아니다. 세계든 예술이든 텍스트든 본래 균열하여 있음을 알기 위해서다. 캔버스 안의 그림도 좋지만, 캔버스 밖의 미술을 더 좋아한다.

새로운 장르 책 읽기

만화책이나 웹툰, 필굿소설 등 평소에 잘 읽지 않는 책을 펼친다. 꼼꼼히 읽지 않아도 주제나 소재, 스토리 구조나 구성이 달라 다른 방식의 읽기가 된다. 그중 제일은 만화책. 중학교 때 연습장을 등분하여 친구들과 팬픽 좀 쓰고 그린 기억도 있다.

박훌륭

책을 읽지 않는다

책을 읽어야 한다는 강박에서 벗어나야 한다. 억지로 읽지 않는다. 그리고 내가 책에 서듭 빠졌을 네시핍 운명적인 책이 나타나서 책태기에서 끌어올려 줄 때까지 기다린다.

점진적 과부하

운동을 해본 사람이라면 이 이론을 알 것이다. '내가 다음번에 운동하는 무게는 지난번 무게보다 1g이라도 무거워야 발전한다는.' 책태기라는 건 무게 원판을 하나도 걸치지 않은 빈 봉과 같다. 나에게 빈 봉을 드는 방법은 만화를 보는 것이다. 어릴 때 했듯 재미있는 만화부터 읽는다. 앞서 언급한 『붓다』 같은 책일 수도 있고, 〈식사하고 가세요〉 같은 웹툰일 수도 있다.

우연을 가장한 필연

살다 보면 책을 찾아봐야 할 일이 생긴다. 지난번 책태기에는 책 구경을 하다가 어린이에게 의학 지식을 알려주는 만화책을 발견했다. 몇 페이지 들춰보니 꽤 재미있었다. 그러다가 기억이 잘 안 나는 부분이 생겼고 그걸 알기 위해 관련 책을 검색해서 샀다. 일단 구경해보자. 우연히 찾아온 책태기는 우연히 벗어나게 되어 있다.

당부의 말

책을 읽지 않는다고 절대 뭔가 망하고 잘못되는 게 아니다. 내 인생이 바뀌는 것도 아니다. 그렇다면 왜 '꼭' 책을 읽어야 하는가? 내가 즐겁자고 하는 행위다. 즐거움을 넘어서서 괴로운 '일'로 만들지 말자.

박
훌륭

내 말은 곧

글이 된다

한 주 무탈하게 보내셨나요? 참 희한한 날씨가 이어지고 있습니다. 추운 듯 덥고 더운 듯 춥고 감기 걸리기 딱 좋은 날씨예요.

지난번에 보내신 편지를 읽으니 이라영의 『말을 부수는 말』에 관심이 갑니다. 저는 말은 곧 글이고 글은 곧 말이나 생각해 이 제목은 저에게 '글을 부수는 글' 혹은 '말을 부수는 글' 등으로 다가오기도 하네요. '말=글'이라는 개인적인 가치관 때문에 저는 말도 글도 쉽고 편하게 다루는 걸 좋아합니다. 물론 피치 못할 경우도 있겠지요. 이해하기 어려운 것에 대해서 철학자 김영민 선생은 『김영민의 공부론』에서 "인문학이 좀 쉬웠으면 좋겠다는 사람들이 있는데 쉽다는 개념 자체가 다른 것"이라는 뉘앙스의 글을 쓴 적이 있습니다. 이 역시 동의합니다. 왜냐하면 어렵다고 느끼는 것 자체가 공부이고 사색인 분야가 있기 마련이고, 그 과정을 통해 얻는 것이 있을 때는 어려워야 하는 게 맞는 길일 테니까요.

왜 이라영 작가의 책을 골랐냐고 물었을 때 "권력은 말할 기회가 너무나 많은 반면 누군가는 말하기 위해 목숨을 건다"라는 문장을 보고 읽기 시작했다고 하셨지요? 『말을 부수는 말』을 읽어보기 전이었음에도 매우 공감하는

문장이었습니다. 말하는 사람, 즉 대중들에게 말을
할 수 있도록 자격이 주어진 사람은 권력을 가진 거나
마찬가지니까요. 이 힘은 매우 세심하게 다루어야 하는
것이지요. 이들의 말이 곧 글이요, 글은 곧 배움이기
때문입니다. 결국 대중들은 이들의 말을 여러 매체를 통해
배움으로 인식하고 정보로 받아들일 수밖에 없어요.

그래서 배움은 끝없는 정보라고도 할 수 있겠습니다.
많은 정보를 주고받는 디지털 시대엔 권력을 가진 사람의
영향력이 너무나도 큽니다. 이것을 '권력'이라는 단어로
표현하지 않고 '인기' 혹은 '관심'이라고 표현할 수도
있겠네요. 넓게는 정치인, 연예인 등이 이런 사람들이겠고
좁게는 작가, 강사, 선생님 등이 포함될 겁니다. 말할 기회가
생겨도 말을 아껴야 하는지, 생각을 한 번이라도 더 하고
말을 해야 하는지 자명해지는군요.

비슷한 맥락으로 제가 좋아하는 비트겐슈타인의 "언어의
한계가 곧 세계의 한계"라는 말이 있습니다. 실제 의도는
다를 수 있겠지만 저는 "말 조심하라"로 해석하곤 합니다.
좀 더 아는 사람은 겸손해야 하고 좀 덜 아는 사람은 항상
배우라는 거겠지요? 이는 사회생활이 기본이기 요즘 제기
허우적대는 육아의 기본이기도 합니다. 아이에게 "아니다,

박
홀류

하지 마라" 하는 말을 자주 하는 건 아이의 세계에 한계를
만드는 것이겠지요. 어른에게야 "아니다, 하지 마라" 등의
말을 하면 "니가 뭔데 그러냐, 니가 뭘 아냐" 하는 뉴턴의
제3의 운동 법칙(작용-반작용의 법칙)을 경험하겠지만
아이들은 그렇게 못 하잖아요. 우리가 져줘야 합니다.
그래야 우리가 나이 늘었을 때 사랑받습니다. 하하하.

언어에는 한계가 없다고 생각하는 작가가 우리나라에도
꽤 있습니다. 저는 배수아 작가가 그중 한 명이라고
생각하는데요. 배수아 작가는 그의 산문집 『작별들
순간들』에서 이렇게 이야기합니다.

> "나는 아름답거나 감동적이거나 스며들거나
> 지적이거나 훌륭하거나 압도적인 글을 쓰기를 원하지
> 않는다고, (…) 문장 단위로 이루어지는 글을 쓰고
> 싶지 않으며, 개념과 철학으로 쓰기를 원하지도 않고,
> 그렇다고 전체와 통일과 조화의 글도 원하지 않는다고,
> 나는 연속성과 이야기의 문법을 피해 가기를 원하며,
> 구조와 플롯의 글을 쓰고 싶지 않다고, (…)"
>
> 『작별들 순간들』, 문학동네, 134쪽

배수아 작가의 소설만 읽은 분이라면 '아니, 이게 뭐지?'

할 겁니다. 같은 문장이 반복되기도 하고, 갑자기 다른
시점이나 때로 넘어가는 상황도 있고, 문장이 이해되지
않는 때도 있어요. 『작별들 순간들』을 읽어보면 정원이 있는
독일 시골집에서 글을 쓰는 그의 생활을 알 수 있는데요.
그로 인해 어떻게 배수아 작가의 글이 만들어지는지도
어렴풋이 짐작할 수 있습니다. 거꾸로 생각해보면 이런
생활 방식이 그의 생각을 만들고, 그 생각들이 말을 만들며,
그 말들이 글로 창조된 거죠. 아주 자연스럽게요.

박
훌륭

다들 글을 쓸 때 어떻게 써야 하고 어디서부터 시작해야
하는지 정말 고민이 많을 거예요. 당연한 고민입니다.
뭐든 시작이 제일 힘든 법이죠. 선아 님은 혹시 노래 레슨
받아보셨나요? 저는 한 번 받아봤는데, 선생님이 처음
해주는 조언 중 하나가 억지로 다른 목소리를 만들지
말라는 겁니다. 부자연스럽기도 하고 평소와 다른 목소리를
만들려면 시간도 오래 걸리기 때문이에요. 더군다나 그렇게
만든 목소리가 듣기 좋은 노래를 보장하는 것도 아니지요.
글도 마찬가지예요. 평소의 자기 생각을 그대로 드러내면
좋겠습니다. 자기가 쓰는 말을 편안하게 글로 옮기는
것이죠. 이런 이유 때문에 일기가 글쓰기의 첫 단계로
많이 쓰이는 거 아닐까요. 저 역시 '나는 왜 독특하고 다른
사람에게 감동을 주는 글을 쓸 수 없을까'라는 고민 이전에

'나는 왜 평소에 독특하고 다른 사람에게 감동을 주는 말을 하지 않을까'를 고민해야겠습니다.

갑자기 편지가 '라떼'가 되었네요. 배수아 작가의 글을 읽으며 많은 것을 느꼈습니다. 지난번 편지에 썼던 배명훈 작가의 글에서요. 신선한 자극은 경이감을 불러오고 이 경이감은 나를 조금 더 발전시키는 동력이 됩니다. 선아 님은 어떤 작가의 글과 이야기에 신선한 자극과 영감을 받으시나요? 작가들이 평소에 읽는 책이 곧 그의 글을 보여주기도 하던데 선아 님의 취향이 궁금하네요. 좋아하는 작가와 경이감을 느끼는 작가는 약간 다른 것 같은데, 선아 님은 어떠세요? 다음 편지에 담뿍 담아서 보내주세요. 감기 조심하시고요.

143

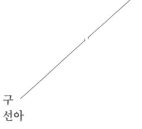

구
선아

좋은 말과 글이란

무엇인가

오늘은 카페에서 편지를 씁니다. 월요일 오전, 카페에 사람이 많습니다. 주말 내 카페인이 부족했던 건 아닐 테고, 아마 자신의 시간이나 공간이 부족했을 사람들이겠지요. 지금 이 카페엔 아이를 등원시키고 잠시 들른 엄마들과 저처럼 밀린 일을 하러 나온 사람으로 소란스럽습니다.

전 도서관만큼이나 카페에서 글쓰기를 많이 하는데요. "이제부터 글을 써야지" 하는 스위치 온의 하나가 커피인 이유도 큽니다. 스위치 온오프가 썩 잘되는 사람은 아니라 공간의 변화가 큰 도움을 줍니다. 그리고 카페에서의 대화 소리, 기계 소리, 음악 소리는 백색소음이라고 하잖아요. 저에게도 불쾌한 소음이 아니라 ASMR 같은 소리로 들립니다. 집에는 엄연히 서재라는 이름의 방이 있어요. 그곳에는 책장과 책상, 몸에 맞게 조작하는 비싼 의자, 온갖 책과 문구류, 좋아하는 볼펜부터 아까워 쓰지 못하는 일기장, 큰 모니터와 아이패드, 스피커까지 없는 게 없습니다. 그런데 왜 저는 서재에선 글을 잘 쓰지 않을까요? 집이라는 생활 공간에 맞닿아 있기 때문일까요? 아, 물론 마감이 닥쳤을 땐 어디서든 씁니다. 벗어둔 옷이 널브러져 있는 서재에서도 쓰고 지하철을 기다리면서도 써내고요.

저도 비트겐슈타인의 "언어의 한계가 곧 세계의 한계"라는 말을 좋아합니다. 저는 반대로 언어가 그 사람의 세계를 확장할 수 있다는 의미로 보는데요. 여기서 언어는 영어나 불어, 스페인어 등 한국어 외 다른 언어이기도 하고, 평소 어떤 언어를 읽고 말하느냐도 포함됩니다. 한국 부모에게서 태어나 한국 국적으로 살아도 어린 시절부터 다른 나라에서 사는 사람이 많아졌죠. 그들을 만나면 정말 같은 현상이나 사건을 봐도 다른 시각으로 보는 경우가 있을 겁니다. "쟤 외국물 먹어서 그래"라고 말하지만, 그 나라 언어를 쓰면서 자연스럽게 그 언어의 세계관으로 살았기 때문이겠죠. 같은 언어라도 어떤 글을 읽고 생각하고 말하느냐에 따라 달라지잖아요. 그래서 전 누군가를 만났을 때, 그 사람이 좋거나 글이 좋으면 평소 어떤 책을 읽고 누굴 만나는지 무척 궁금해져요. 지금 내가 읽고 있는 책이 오늘 나에게 영향을 주니까요.

훌륭 님도 아마 저의 책 취향을 이제는 조금 아시지 않을까 싶은데요. 제게 자극을 주는 글은 다양해요. 새로운 시선이나 형식의 글을 읽으면 막 신이 나요. 마치 몸에서 화학반응이 일어나 보글보글 비눗방울이 생기는 기분이에요. 만지면 터질 것 같은 반짝이는 아름다움이요. 이런 기분을 많이 느낄수록 글쓰기에 대한 욕구가 더 늘어나죠. 반성도 하고 욕심도 나고 더 읽고 쓰니 스스로 더 성장하는 요인이 되고요.

좋아하는 작가와 경이감을 느끼는 작가에 관해
여쭈셨지요? 전 좋아하는 작가와 경이감을 느끼는 글이
있는 것 같아요. 경이감은 저에게 순간적인 감각이거든요.
좋아한다는 건 그 작가가 어떤 글을 썼건 읽게 되는 일
같고요. 결국 글을 읽으며 경이감을 자주 느끼게 한 작가를
좋아하게 되는 거죠. 엄연히 말하면 작가에 관해서는 잘
모르니 작가의 글을 좋아하는 게 맞을지도 모르겠습니다.
배수아 작가는 번역서까지 믿고 읽지요. 그런 작가가 몇몇
있습니다.

문학계에는 이런 말이 있습니다. 시인이 못 된 사람이
소설가가 되고 소설가가 못 된 사람이 평론가가 된다고요.
그런데 신형철 평론가는 시인만큼의 문장을 매번
선보입니다. 그의 책을 모두 좋아하는데요. 책이 출간되면
바로 찾아 읽는 작가 중 한 명이에요. 그중 읽으며 자주
경이를 느낀 문장을 만난 책은 『인생의 역사』였습니다.
"나에게 절실히 필요한 문장이 있는데 그게 무엇인지는
모른다. 어느 날 어떤 문장을 읽고 내가 기다려온 문장이
바로 이것임을 깨닫는다"라는 말처럼 온통 제 생각에 밑줄
치게 하는 책이에요. 시를 사랑하는 사람은 아닌데도 이

책을 읽다 보면 내가 시를 사랑했던 건가? 아니 사랑하게
되는 건가? 의문이 들더라고요.

책을 읽으며 자주 울었습니다. 읽은 후에도 며칠을 내내
슬픈 상태로 살았고요. 슬픔학이라는 학문이 있어야
한다고 말하는 평론가의 글은 슬픔에 잠기게 해요. 일단
서문의 끝에서부터 엉엉 울게 했어요. 자신의 어머니처럼
죽어도 죽지 않고 아이를 지켜주겠다고 말해요. 아마 훌륭
님도 공감하실 테죠. 아이가 생긴 후 죽어도 죽을 수 없는
상태가 되잖아요. 최승자의 시처럼 "살아 있다는 건, 참
아슬아슬하게 아름다운 일"이라는 걸 알게 되었으니까요.

기타노 다케시 감독의 말을 인용한 "5천 명이 죽었다는
것을 '5천 명이 죽은 하나의 사건'이라고 한데 묶어 말하는
것은 모독이다. 그게 아니라 '한 사람이, 죽은 사람이 5천
건 일어났다'가 맞다"에서 수많은 죽음이 떠올라 슬픔이
커졌습니다. 이 책을 읽던 때 자주 오갔던 길에서 이태원
참사가 있었어요. 나 역시 10년 전에도 304개의 죽음이
아니라 1건의 죽음으로 보았고, 이번에도 36개의 죽음이
아니라 1건의 사고로 본 것이 아닐까, 죽음을 잘못 세었구나,
한 사람의 죽음은 1개의 죽음이 아니라 우드이 시처럼 "우리
사랑이 영원할 줄 알았으나, 내가 틀렸다"고 알아챌 주변

사람들까지 죽이는 것이겠구나, 하고요.

전 경이로운 글까진 아니더라도 좋은 이야기를 쓰고 싶습니다. 음, 그렇다면 좋은 이야기는 뭘까요? 평론가의 또 다른 책 『정확한 사랑의 실험』에 "좋은 이야기는 그것이 끝나는 순간 삶 속에서 계속된다"라고 했고, 『인생의 역사』에서는 "인간은 이상하고 인생은 흥미롭다 (…) 인생에 대해 별말을 해주지 않는 작품까지 읽을 여유가 없다"에서 전 좋은 이야기를 생각했습니다. 좋은 이야기의 조건은 삶과 연결된 이야기 같아요. 나에게 세상에게 질문하게 되는 이야기요. "인생은 질문하는 만큼만 살아지기 때문"이에요. 질문은 개인을 변화시키잖아요. 변화가 작든 크든 무엇이든 어디서든 관계없어요. 주어진 삶을 그대로 받아들이지 말고 이끌 수 있으면 되지 않을까요. 모래알만큼이라도요.

쓰다 보니 거창해지네요. 사실 단순합니다. 살면서 관심 있는 것들, 경험하는 것들, 좋아하는 것들, 분노하는 것들, 질문을 가진 것들, 해답을 찾고 싶은 것들을 읽고 쓰고 싶습니다. 너무 거대한 이야기, 웅장한 이야기, 잘 팔리는 이야기를 쓰지 못해도 괜찮아요. 우리가 읽고 쓰는 일은 충분히 가치 있는 일일 거예요.

박
훌륭

선입견은

잠시 끄셔도 좋습니다

좋은 이야기란 무엇일까. 선아 님은 단순하다고 하지만
쉽지 않은 생각을 쭉 하고 계시네요. 역시 대작가의 기질이
보입니다. 저는 일단 뒤에서 천천히 따라갈게요.

언급하신 신형철 평론가는 저에게 사실 숙제 같은
존재입니다. 『정확한 사랑의 실험』는 물론이고 최근 쓰신
『인생의 역사』도 아직 읽지 않았습니다. 평론가의 깊은
사유와 글을 좋아하는 팬이 많지만 아직 저는 접할 기회가
없었네요. 어려운 숙제를 뒤로 미뤄두고 있는 기분입니다.

읽지 않은 책 이야기가 나왔으니 말인데, 제가 책방을
시작하면서 이상하게 생각한 점이 두 가지 있었습니다. 첫
번째는 소설을 읽는 분들이 해외 소설파와 국내 소설파로
나뉘어 있더란 겁니다. 물론 가리지 않고 모두 읽는 분들도
많이 만났습니다만 대체로 해외 소설, 특히 고전 소설을
읽는 분들이 국내 소설에는 딱히 관심이 없었습니다.
마니아적 성향이 있달까요? 그런데 반대로 한국 소설을
읽는 분들은 해외 고전을 두고 불륜과 답답함이 난무하다는
평을 했습니다.

두 번째는 바로 신형철 평론가를 주축으로 하는 종류의
산문을 즐기는 분들과 좀 더 발랄하거나 평범한 에세이를

좋아하는 분들의 대치였습니다. 이들은 서로의 영역을 거의 넘나들지 않습니다. 소설보다 좀 더 각자의 위치가 분명했습니다. 좋아하는 책이 다른 것이야 무슨 문제겠습니까. 다만 제가 겪은 바로는 서로 은근한 폄하를 하는 경우가 많았습니다. 안타까운 일이죠. 그림책을 보는 시선도 마찬가지입니다. 아이들만 읽는 책이라는 선입견이 있잖아요. 그러고 보면 책방을 한다는 것은 햇볕을 쬐듯 늘 선입견을 마주하는 일인지도 모르겠습니다. 그 다양한 선입견들 속에서 책을 골라 꾸리는 것이죠.

저는 좋은 이야기란 작가 자신의 이야기라고 생각합니다. 산문은 말할 것도 없고, 소설이 아무리 허구의 장르라지만 백퍼센트 허구일 수는 없습니다. 왜냐하면 작가는 그 소설을 집필하기 전과 집필하는 중에 많은 일을 보고, 듣고, 느끼고, 공부하기 때문이죠. 작가 자신이 겪은 것, 생각한 것, 그리고 바라는 것 등 모든 이야기에 '작가 자신'이 들어가면 좋겠다고 생각합니다. 경험이란 모이고 모이다 보면 지혜가 되는 법이니까요. 그 경험이란 특별한 가르침만을 지칭하는 것은 아닙니다. 단순히 즐거웠던 경험, 슬펐던 경험도 모두 공유할 수 있잖아요. 책 속 이야기가 나와 어떤 감정적 지점에서 맞닿을 때 혹은 내 상황과 겹치는 부분이 있을 때 우리는 책에 빠져들게

됩니다. 또 나와 접점은 딱히 없지만 궁금한 이야기라면
시간 가는 줄 모르고 읽게 되죠.

쓰다 보니 생각났는데 저는 '해외에서 일어난 전쟁'이 주
소재인 이야기는 잘 읽지 않습니다. 딱 떠오르는 책들이
몇 개 있지요. 아마 대작이라고 평가받는 색글일 거예요.
제 수명이 정해져 있고 관심 있는 책들이 너무나 많다
보니 우선순위에서 밀린 책들이죠. 그런 면에서 세상 모든
이야기를 읽기란 불가능해 내가 좋아하는 결을 가진 사람이
추천하는 책을 읽는 것도 좋은 방법입니다. 내가 좋아하는
이야기를 쓰는 작가가 추천하는 책이라든지, 나랑 잘 맞는
친구가 재미있게 읽었다는 책이라든지, 내가 존경하는
사람이 감명 깊게 읽었다는 책이라든지요. 참고로 저는
『모비 딕』은 그래픽 노블과 임성순 작가의 소설 『극해』로
간접 체험했답니다.

유명 작가들보다야 덜 하지만 책방 운영자도 독자들의
관심을 종종 받습니다. 저 책방 운영자는 어떤 책을
읽을까? 어떤 작가를 좋아할까? 어떤 글을 쓸까? 등이 주된
관심이겠죠. 사실 책방 운영자들의 취향은 책방 내부를
보면 알 수 있습니다. 그들이 평소에 무엇에 관심이 있는지,
어떤 프로그램을 운영하는지, 직접 쓴 책이 있다면 어떤

글쓰기를 하는지 등을 다 아우르고 있어요. 저는 오히려 직접적으로 질문을 받았을 때 당황스러워요. "책방지기님은 어떤 책이나 작가 좋아하세요?"라는 질문이요. 인생 책을 묻는 것만큼이나 진땀 나는 질문입니다. 늘 바뀌거든요. 이 책방은 줏대가 없구나 하는 선입견이 생길까 두렵습니다. 다음에 직공 신입견에 관련해서 이야기를 해보는 건 어떨까요?

저는 요즘 컨디션이 좋지 않습니다. 장염인지 속도 불편하고요. 힘을 얻기 위해서라도 책방 이벤트를 구상해야 할 때인가 봅니다. 편지가 도착하는 날 선아 님을 만나기로 했네요. 감기 조심하세요. 요즘엔 감기도 코로나고 코로나도 코로나인 시절입니다. 건강하시길.

"선생은 말하고 싶었다.

너 역시 조선이란 나라를 없앤 일본인들 밑에서

이런 꼴로 일하고 있지 않느냐고.

하지만 말하지 않았다.

어떤 것들은 모르는 채로 지내는 것이

덜 고통스러우니까."

_『극해』, 은행나무, 124쪽

구
선아

변하지 않는 건

사랑

추위가 계속 이어지고 있습니다. 그래서 책방에 손님이
없다고 믿고 싶어요. 이미 사둔 책을 따뜻한 곳에서 읽고
있는 것이겠죠?

지난 편지는 흥미로웠습니다. 저 역시 읽는 사람으로서
책방을 운영하는 사람으로서 느끼던 지점이었거든요. 책은
참 취향을 많이 탑니다. 가장 좋았던 책을 꼽거나 가장
맞지 않았던 책을 꼽으면 더욱 그렇죠. 연말이 되면 여러
대형 서점과 기관에서 한해 가장 좋았던 책을 꼽습니다. 그
목록을 보면 "오! 이 책 정말 좋았지" "이 책 읽고 싶다"라는
생각이 드는 반면 "이 책이 왜?"도 있으니까요.
말씀하신 것처럼 해외 소설과 국내 소설로 나뉘는 것
외에 고전 소설과 현대 소설도 나뉘는 것 같습니다.
문학을 읽는다고 하거나 소설 중심의 독서 모임을 한다면
으레 고전 소설을 떠올리는 것 같아요. 이것도 하나의
선입견이겠지요. 여기서 고전 소설은 고대문학이 아니라
여러 출판사에서 출간하는 세계문학전집을 일컫습니다.

얼마 전 현대 소설을 주로 읽는 한 독자가 고전 소설을 읽는
독서 모임을 신청했다고 하더라고요. 왜냐고 물으니 책을
좋아하고 읽는 사람으로서 고전문학을 읽지 않는 부채감이
있다고 합니다. 그러면서 "오랫동안 읽힌 책이니 분명

무언가 있지 않을까요?"하고 묻더라고요. 여기서 궁금증이
생깁니다. 고전을 꼭 읽어야 할까요? 고전은 읽는다면
왜 읽어야 할까요? 전 고전문학에 약간의 선입견이
있었습니다. 지루하고 갑갑하고 재미없다고요. 그리고
서사가 너무 등장인물의 심리 변화 중심이라고요. 주제나
소재도 진부하다고 생각했습니다. 특히 사랑 이야기가
많잖아요. 부도덕한 사랑도 많고요. 물론 이는 독자의
흥미를 끌어야 하는 '이야기'인 이유도 있을 겁니다.

구
선아

구체적으로 예를 들면 프랑수아즈 사강의 『브람스를
좋아하세요…』나 이반 투르게네프의 『첫사랑』도 그냥
시답잖은 사랑 이야기라고 생각했어요. 『브람스를
좋아하세요…』는 오래된 연인과 새로운 인연 사이에서
갈등하는 진부한 삼각관계로, 『첫사랑』은 오이디푸스
콤플렉스를 가진 소년의 사랑 이야기로요. 제대로 읽지
않고 줄거리 위주로 읽은 까닭일까요? 어쩌면 작가에 대한
편견이 있었는지도 모릅니다. 미친 재능을 가졌지만, 마약
혐의로 기소되었을 때 재판에서 다른 사람에게 피해를
주지 않는다면 "나는 나를 파괴할 권리가 있다"라고
말한 프랑수아즈 사강의 이미지가 너무 깊었으니까요.
그런데 선입견을 버리고 보니 조금 다르게 보이더라고요.
사실 사람의 삶에서 사랑을 빼고 어떤 이야기를 할 수

있을까요. 『브람스를 좋아하세요...』는 다시 읽으니 "브람스를 좋아하세요?" 물어보며 시작된 새로운 사랑 시몽과 여주인공 폴, 오랜 연인 로제의 사랑 이야기 말고도 브람스와 슈만, 클라라의 실제 이야기가 보였어요. 역시 아는 만큼 보이는 건가 봅니다. 그리고 폴은 사랑의 선택만 고민하는 것이 아니라 '나는 누구지?' 하며 자신의 정체성에 대해서도 고민합니다. 연인이 있어도 외로움은 없어지지 않는다는 걸 지금의 제가 아는 것처럼 폴도 알기 때문이겠지요. 혼자도 행복해야 둘이어도 행복한 것이니까요.

러시아 여행을 갔을 때 러시아 문호들의 얼굴이 박힌 책갈피를 여러 개 샀습니다. 아까워 쓰지 못하고 몇 년째 책상 서랍에 박혀 있지요. 그중 하나가 이반 투르게네프였죠. 도스토옙스키, 톨스토이와 함께 러시아 문학의 3대 거장이라는 그에 대한 찬사는 알았지만, 소설을 읽은 건 얼마 되지 않았습니다. 『안나 카레니나』 이후 기존 글쓰기를 중단하고 교훈적 동화만 썼던 톨스토이에게 다시 문학으로 돌아와 달라 유언한 작가로 알고 있을 뿐이었죠. 이반 투르게네프가 아니었다면 우린 『이반 일리치의 죽음』과 『부활』을 만나지 못했을 겁니다.

그의 대표 소설인 『첫사랑』은 자전적 소설이기도 한데요.

16살 소년이 첫눈에 반해 첫사랑을 시작하지만, 첫사랑
상대인 21살 여자는 아름답고 교양 있는 아가씨로
남자들에게 인기가 많습니다. 하물며 그 여자는 자신을
향한 남자들의 마음을 즐기고요. 그런데 나중에 알고 보니
자신이 가장 존경하고 사랑하는 아버지와 밀회를 나누는
관계였던 겁니다. 이 이야기를 소년이 나중에 나이가
들어 회고하듯 이야기하죠. 이루지 못한 첫사랑에 대한
그리움보다 자신의 지나간 청춘을 그리워하듯이요. "아,
청춘이여. 청춘. 네게는 아무것도 상관없겠지. 너는 우주의
모든 보물을 가진 것 같겠지"라면서 말이죠. 많은 사람이
첫사랑은 잊지 못하던데. 훌륭 님도 잊지 못하셨나요?
대답은 듣지 않아도 됩니다. 저도 말하지 않겠어요. (웃음)
아마 이루지 못한 사랑이라서가 아니라 가장 예뻤던
시절이었기 때문일 수도 있겠어요. 이렇게 쓰고 보니 저의
예뻤던 시절이 생각납니다. 아, 예쁜 나이였던 시절로
수정하겠습니다.

전 소설을 많이 읽는 독자는 아닙니다. 소설을 읽을 때
좋아하는 작가나 관심 있는 주제를 찾아 읽는 독자죠.
흔히들 소설을 읽는 이유를 여러 삶을 살아볼 수 있어서,
라고도 말하는데요. 소설은 어떤 삶을 재현하는 건은
넘어섭니다. 김연수 소설가가 한 인터뷰에서 "당연하다고

박
훌륭

생각했던 것에 의문을 느끼게 한다"고 말했습니다. 무척
공감되었어요. 한 가지 더한다면 생각지 못했던 것에 질문이
생긴다는 거예요. 그리고 요즘 드는 생각이 있는데요. 소설을
읽는 이유가 덜 상처받기 위해서인지도 모르겠습니다.
인생이 참 마음대로 되는 게 하나도 없잖아요. 모든 순간
장애물을 만나니까요. 정말 상상저럼 옥은 세뵉서님 뇌는 세
어찌 이리도 없는 걸까요. 사랑도 그렇고요.

하지만 이런 소설을 읽는 이유가 다 무슨 소용입니까?
자신에게 맞는 소설 읽기를 하면 되지 않을까요? 그냥
재밌어서 읽는 사람도 있고, 어려운 글을 작가의 의도대로
해석해내는 걸 즐기는 사람도 있을 테고, 누군가에게
보여주기 위한 읽기를 하는 사람도 있고, 자신의 허기를
채우려는 사람도 있고, 폐허를 벗어나기 위한 발버둥일
수도 있고요. 모두 다르겠죠. 에세이도 마찬가지고요.

지금은 다행히 고전문학에 관한 선입견은 사라진
상태입니다. 돈, 명예, 관계, 자연 등 인생의 큰 이야기도
많고요. 이성애적 사랑 외에도 세상 모든 사랑의 모습이
소설 속에 있으니, 이 얼마나 다행한 일인가 하는 생각도
듭니다. 사랑 없인 살기 힘든 세상이잖아요.

박
훌륭

'사랑'의 구체성

문자나 카톡으로 주고받던 이야기를 편지로 써보면 어떨까
했던 게 엊그제 같은데 벌써 12월 말이라니…. 이렇게 또
한 살을 먹네요. 내년엔 또 다른 재미난 일이 일어나면
좋겠습니다.

사랑이라… 많은 생각이 들게 하는 단어입니다. 그에
걸맞게 사랑의 어원은 '사량思量(깊이 생각함)'이라고
해요. 보통 쓰는 남녀간의 '사랑'보다는 좀 더 넓은
의미입니다. 솔직히 말씀드리면 저는 사랑이라는 걸 잘
모르겠습니다. 너무 포괄적인 느낌이라고 할까요? 그래서
약간 마음에 들지 않습니다. 더 구체적으로 세분화하면
좋겠어요. 부모님께 느끼는 사랑, 아이에게 느끼는 사랑,
반려동물에게 느끼는 사랑, 친구에게 느끼는 사랑,
연인에게 느끼는 사랑 등 표현할 수 있는 단어가 따로
있으면 좋겠습니다.

이런 생각의 연장선에서 소설은 참 흥미롭습니다. 소설 속
사랑도 구체적으로 언어화되진 않았지만 다양한 사랑이
있다는 걸 독자가 느낄 수 있으니까요. 살다 보면 마주할
수 없는 사랑의 종류도 있기 마련이잖아요? 그런데 소설을
읽다 보면 그 사랑들에 대해서도 사량할 기회를 얻게
됩니다. 그래서 언급하신 『브람스를 좋아하세요…』는 뭉근한

163

매력에 좋아하는 분들도 있고 뭐 저런 답답한 인간들이
있나 하며 싫어하는 분들도 있지요. 같은 맥락에서 아니
에르노의 『집착』 역시 호불호가 나뉩니다. 어떤 사람들에겐
도덕적 금기를 글로 적나라하게 풀어놓은 것이 불편할 수도
있지요.

더욱 사랑해보니 이런 감정은 소설에서만 느낄 수 있는 건
아니었네요. 읽으면서 가장 많이 울었던 에세이가 권남희
번역가의 **『어느 날 마음속에 나무를 심었다』**입니다. 우연히
읽게 된 거라 아무 정보도 없이 본 책이었습니다. 알고 보니
'나무'는 이중적 의미였어요. 오랜 기간 함께한 반려견의
이름이었던 거죠. 저자의 아이가 어린 시절부터 대학에
들어갈 때까지 함께한 나무와의 일들을 적어 내려간
책입니다. 첫 만남부터 이별은 물론 나무와 함께 살며
좋았던 일, 싫었던 일, 그리고 나무를 현실에서 떠나보내고
마음속에 심게 된 것까지 작가 특유의 위트 있는 톤으로
풀어놓았습니다. 읽으며 정확히 네 번 펑펑 울었어요.
저는 반려동물을 키우지 않는데도 말이에요. 작가의
사랑이 절절하게 느껴졌고 제가 나무와 함께한 기분마저
들었답니다. 나무를 떠나보내고 일상을 회복하는 노력과
태도에 공감하고 감탄하며 마지막 장을 덮었어요. 끝까지
알찬 사랑이었습니다.

반면에 공감이 전혀 안 되는 사랑 이야기도 있었습니다.
국내 작가의 소설이었는데 섬세한 문체에는 감탄했지만
내용이 저랑 맞지 않았습니다. 왜 그랬을까요. 비슷한
소재의 소설이 많은데도 이 소설은 어딘가 불편했습니다.
아마 그걸 읽을 당시의 제 감정이나 주변 상황도 영향을
주긴 하나 봅니다. 글을 읽는 나는 선 누군가의 이야기를
듣는 것과 비슷하니까요. 문체에 홀려 끝까지 읽긴
했지만 뭔가 꽉 막힌 상황에 놓인 친구의 이야기를 들은
기분이었습니다. 작가가 의도한 독자의 반응이라면 저에게
제대로 적중했습니다. 덕분에 이런 사랑도 있다는 걸 알게
되었지요.

감탄하며 읽었던 사랑 중에는 이런 이야기도 있습니다.
서머싯 몸의 『인생의 베일』입니다. 남편 몰래 다른 남자를
만나는 한 사교계의 인재가 있습니다. 못난 여동생이
먼저 시집을 간다는 이야기를 듣고 관심도 없던 '처음
보는 유형의' 세균학자와 홧김에 결혼해버립니다. 두말할
필요 없이 결혼생활은 지루하기 그지없었죠. 어느 날,
그녀의 방에서 매력적인 다른 남자를 만나는 순간
누군가 잠긴 문의 손잡이를 돌리는 '문고리 스릴러'로
소설이 시작합니다. 이 얼마나 쫄깃한 장면입니까! 오호?
치정이구만? 하며 흥미롭게 책장을 넘겼는데 서머싯 몸의

글솜씨는 대단했지요. 살짝살짝 독자의 심리를 건드리는 그 밀당! 내연남이 자신을 사랑하지 않는다는 걸 알면서도 관계를 이어갈 수밖에 없는 상황을 벗어나고자 주인공이 선택한 것은 '봉사 활동'이었습니다. 종교에 심취하게 되죠. 아, 죄 많은 인간이 사람이 되기 위해선 종교를 거치는 수뿐이런 밀인가! 선아 님은 눈앞에 놓인 무언가를 한 꺼풀 벗겨내 내가 모르던 세상과 흥미로운 것들을 만날 수 있다면 그 베일을 벗겨보고 싶나요? 베일은 불투명하지만 반대편이 어렴풋이 보입니다. 내가 정말 관심 있는 것이 저 너머에 있다는 걸 알 수 있지요. 하지만 베일은 한 번 벗기면 돌이키기 힘듭니다. 일상으로 다시 돌아올 수 없어요. 저는 솔직히 말씀드리면 벗겨보고 싶어요. 지금껏 그렇게 살지 못했기 때문에 더욱 그렇게 해보고 싶네요.

선아 님이 이야기하신 사랑 없이는 살기 힘든 세상이라는 말씀에 공감합니다. 특히 현실에서 받을 사랑과 줄 사랑 모두 마땅치 않을 때 소설이나 에세이 속의 사랑은 큰 위로가 됩니다. 어떤 의미에서 도피처라는 말도 맞네요. 누구나 현실에서 잠깐이라도 벗어나고 싶을 때가 있잖아요. 그럴 때 책은 정말 좋은 친구입니다. 가끔 나를 불편하게 하지만 책은 사랑하는 친구이자 '사량'하게 만드는 친구이기도 하죠. 이 얼마나 현실과 닮았습니까?

박
훌륭

**구
선아**   절친 한 명만 있어도 세상은 살 만한 것 아니겠습니까?

저는 세상에서 가장 사랑하는 아이와 곧 여행을 갈
예정입니다. 처음으로 외박하는 여행이라 긴장되지만
떠나보면 제가 느끼는 슬럼프도 좀 객관화할 수 있지
않을까 기대도 합니다.

구
선아

사랑만큼이나

중요한 건

돈을 버는 일

편지를 받고 서머싯 몸의 『인생의 베일』을 읽었습니다.
아마 훌륭 님이 쓰지 않았다면 평생 안 읽었을지도 모를
책입니다. 편지에 쓴 것처럼 이성의 사랑 이야기를 즐겨
읽지 않거든요. 서머싯 몸은 워낙 글 잘 쓰는 작가로
알려져 부채감이 있던 작가 중 한 명이었습니다. 가장
유명한 작품인 『달과 6펜스』는 읽었지만, 다른 소설은
읽어본 기억이 없어요. 책을 읽고 소설을 원작으로 한 영화
〈페인티드 베일〉(2007)도 보았어요. 영화를 반쯤 봤을 때
기억났어요. 영화 개봉 때 나오미 왓츠와 에드워드 노튼의
출연으로 봐야지 했는데 미처 보지 못한 영화였습니다.
이렇게 책과 영화를 보고 편지를 쓰느라 답신이
늦어졌네요.

모르던 세상과 흥미로운 것들을 만날 수 있다면 그 베일을
벗겨보고 싶냐고 물으셨죠? 서머싯 몸이 소설 초반부에
퍼시 비시 셸리의 시 "오색의 베일, 살아있는 자들은 그것을
인생이라고 부른다"를 인용한 것처럼, 베일을 들치면
온갖 욕심과 욕망, 충동과 어리석음이 있는 것 같아요.
불완전함도요. 그래서 두렵기도 하지만 아직 발견하지 못한
저의 진짜 모습을 볼 수 있지 않을까요? 전 베일이 천천히
벗겨지는 삶을 살아내고 싶어요. 이왕이면 '잘'요. 아마
베일을 휘리릭 벗기고 싶은 성질 급한 저와 베일 뒤 모습을

모르고 싶은 호기심 많은 저의 마음이 함께 있기 때문일 거예요. 그리고 결과보다 과정이 더 중요하다고 생각해요. 특히 사랑은 어떤 사랑이든 결과가 없다고도요. 이성의 사랑이 결혼이 아니듯이 부모와 자식의 사랑이 좋은 대학 진학이 아니듯이요.

돈 버는 일도 마찬가지 같아요. 인생을 살아가는 과정에서 사랑과 돈은 빼놓을 수 없잖아요. 돈을 많이 벌면 좋겠죠. 하지만 어떻게 버느냐도 중요하지 않나요? 좋아하는 일로 버는 게 가장 성공한 돈벌이라 생각해요. 그렇다고 밥벌이를 위한 일을 깎아내리는 건 아니에요. 제일 중요한 건 자신과 자신이 지켜야 할 것을 위해 정당한 돈벌이를 한다는 거니까요. 그리고 돈을 쓰는 일도 생각하게 해요. 전 마음이 크고 좋은 사람은 아니어서 누군가의 아픔을 계속 보듬을 수 있는 사람은 아니거든요. 하지만 아이가 태어난 후 조금은 더 나은 사람이 되고 싶어졌어요. 더 나은 사람이 되는 방법으로 종종 후원합니다. 내 아이와 또래의 아이들에게요. 그러면서 말하죠. 내가 돈을 많이 벌면 더 많이 기부해야지. 과연 그럴까요? 확언하진 못하겠어요. 지금보다 아주 조금 커진 돈 정도일 거예요. 저도 무척 가난했던 시절이 있어요. 물리적인 가난도 힘들었기만, 정신적 심리적 빈곤이 더 고통스럽더군요. 내가 왜, 나는 왜,

나만 왜, 같은 질문들로 시작되는 고통이요.

일확천금이 제 눈앞에 생긴다면 저는 어떨까요? 『위대한
개츠비』 속 개츠비처럼 밤마다 대저택에 환하게 불을
켜고 파티를 벌이고 화려한 시간을 보낼까요? 자신이
지나온 시간을 우스꽝스러운 거짓 연기로 덮을까요? 술과
음악과 조명, 예쁜 옷과 구두, 그런 것들 저도 좋아합니다.
데이지처럼 반짝이는 먼지가 덮인 금빛과 은빛의 화려한
구두 수백 켤레는 필요 없지만요. 몇몇 지나온 시간은
정말 지우개로 지우고 싶기도 하고요. 그러나 단언컨대
개츠비처럼 돈으로 지나간 사랑을 사려고 하지는 않을
거예요. 돈으로 얼마간의 사랑을 유지할 수는 있지만, 돈이
사랑을 살 수 없다는 건 알거든요. 그리고 그 지나온 시간이
지금의 제가 되었다는 것도요. 물론 개츠비에게 낭만적인
부분은 있어요. 부자가 된 후 더 어리고 예쁜 여자가 아니라
자신의 첫사랑에게 돌아가니까요. 참, 『위대한 개츠비』
역시 영화화되었죠. 레오나르도 디카프리오가 주연을
맡아 소설보다 더 유명한 영화가 되었고요. 정말 탁월한
섭외였다고 생각해요. 소년의 맑음과 남자의 그늘이
함께 있는 얼굴이잖아요. 고전 소설은 영화화된 작품이
많아 함께 읽고 감상하면 제대로 이야기를 소비하게 돼
즐거워요.

그리고 전 『위대한 개츠비』의 작가 스콧 피츠제럴드를
좋아하는데요. 피츠제럴드는 가난한 유년 시절을 보냈고,
돈이 없어 파혼당하기도 했어요. 그래서 돈이 그의 삶과
작품에 영향을 끼쳤죠. 그는 돈 때문에 단편소설을 꽤 많이
썼습니다. 저같이 그의 단편소설을 좋아하는 독자에겐 아주
나행인 일이죠. 고급 손목시계 하나를 사려고 하루 만에
소설 한 편을 쓴 일화도 있고, 장편 소설을 쓰고 싶었으나
아내인 젤다 피츠제럴드의 병원비를 마련하기 위해
단편소설을 쓰기도 했어요.

구
선아

어느 시인이 문예지에 시를 싣는데 시 한 편 값으로
25,000원을 받았다는 글을 봤습니다. 그즈음 원고료 평균
지급 단가 기준을 보고 적잖이 놀랐고요. 시는 1편당 최소
50,000원, 최대 200,000원이었어요. 그 시인은 최소
금액의 글 값도 받지 못한 거죠. 원고지 1매당 에세이는
최소 3,000원, 최대 22,000원이었고, 소설은 최소 4,000원
최대 22,000원이었어요. 그렇다면 10매를 썼을 경우
에세이는 최소 30,000원을 받거나 최대 220,000원의
글 값을 받고, 소설은 최소 40,000원을 받거나 최대
220,000원을 받는다는 겁니다. 평균 기준으론 글을 써서
스콧 피츠제럴드처럼 고급 손목시계를 사긴 못할 겁니다.

저는 이 편지를 쓰고 나면 원고지 약 8.5매 상당의 신문
연재 글 하나를 마감하고, 앤솔러지에 실릴 글 하나를
살펴야 합니다. 값으로 따지면 최저시급으로 70시간이 넘게
일해야 받을 수 있는 돈입니다. 하루 여덟 시간 노동으로
봤을 때 8일은 일해야 하는 거죠. 적은 돈인지 많은 돈인지
모르겠습니다. 어떤 글을 쓸지 고민하고 글을 쓰고 글을
수정하는 시간을 숫자로 환산해본 적이 없거든요. 글을
쓰는 일은 노동이긴 하지만, 시간으로 환산할 수 있는
노동인지도 모르겠습니다. 물론 시간이라는 게 가장 공평한
기준이긴 합니다. 돈이 많은 사람에게도 적은 사람에게도
주어진 시간은 같으니까요. 그래서 형벌 체계도 노동 값을
정하는 기준도 시간일 테고요.

돈 이야기를 하다 보니 돈을 벌기 위한 궁리를
해야겠습니다. 잘 팔리는 글을 계획하겠다는 건 아닙니다.
계약금이든, 인세든, 청탁 원고료든, 방송 출연료든, 글을
써서 돈을 버는 일은 게을리하지 않을 테지만 글로 내가 할
수 있는 이야기를, 내가 쓰고 싶은 이야기를 쓰고 싶어요.
그런데 책방은 달라요. 돈을 벌어야 합니다. 아무리 문화
자본이 중요하고 문화 공간으로서 의미 있다지만, 자본주의
사회에 종속된 자영업자니까요. 월세를 내고 관리비를
내고 책을 사고 계속 올해도 내년에도 독자와 손님을

만나려면 돈을 벌어야 하죠. 거창하게 말하면 책방의 사업 계획이 필요합니다. 작은 구멍가게지만 책방은 사업장이고 사업자를 내고 운영하고 있으니 사업이죠. 책방의 사업 계획 목표라고 하면 더 많은 사람이 책을 사게 하는 일인데, 어렵네요. 재밌는 일 있으면 알려주세요. 아니 책을 많이 팔 수 있는 일이 있다면 알려주세요.

구
선아

이렇게 돈 버는 일도 돈 쓰는 일도 배워가는 중입니다.

"오래도록 품어왔던 너무나도 어마어마한,

환상의 생생함 때문이다.

그것은 그녀를 넘어서고, 모든 것을 넘어선다.

그는 독보적인 열정을 가지고 그 환상 속에 뛰어들어,

하루하루 그것을 부풀리고 자신의 길에 날리는

온갖 밝은 깃털로 장식해왔던 것이다."

_『위대한 개츠비』, 문학동네, 121쪽

박
홀륭

돈을 번다는 것

선아 님이 『인생의 베일』을 읽어보셨다니 기쁩니다.
무엇보다 내용에 대해 생각을 많이 했다고 하셔서 더욱
기뻐요. 우리가 책방을 운영하면서 알게 되었듯, 누군가에게
책을 추천하는 건 정말 어렵잖아요. 또 추천한 책이 그
사람에게 생각의 기회를 제공한다는 건 더 어렵고요.

서머싯 몸은 소설에서 어느 정도의 생각거리를
던져주면서도 대중들이 읽기 쉬운 소재와 이야기 방식을
사용해 저희 책방 손님들에게는 꽤 반응이 좋았습니다.
제가 『인생의 베일』을 소개할 때 장난스럽게 "문고리
스릴러"라고 칭했어요. 주인공 키티가 정부인 찰스와
방안에 함께 있는데 누군가가 잠가놓은 문손잡이를
돌리면서 이야기가 시작되기 때문이에요. 이런 흥미를 끄는
전개 방식을 택하는 것도 작가의 능력이겠죠. 더불어 그
흥미를 끄는 요소가 자극 위주라면 반감이 생길 수 있으나,
서머싯 몸은 키티의 심적 변화와 행동 변화까지 진지하게
보여줍니다. 언행일치를 보여주는 거죠. 어느 부분에서는
인간의 한계를 보여주며 언행 불일치를 묘사하기도 하는데,
키티가 찰스를 다시 만났을 때 무의식중에 나온 그녀의
행동들이 이를 방증합니다. 이 또한 작가의 능력이겠죠.

선아 님이 피츠제럴드를 좋아하는 줄은 몰랐네요. 저도

좋아하는 작가입니다. 좋은 단편을 많이 써서 피츠제럴드를
좋아하시는 선아 님과는 이유가 좀 다르지만요. 저는
피츠제럴드가 가진 일종의 인간적인 유약함을 좋아합니다.
외모는 정말 멋지고 여유 있어 보이는데 작품에서 종종
드러나는 회피 성향과 열등감이 인간적으로 부입니다.
피츠제럴드는 『위대한 개츠비』로 유명하지만, 그에
못지않게 『밤은 부드러워라』도 꽤 알려져 있습니다. 저는
『위대한 개츠비』『밤은 부드러워라』를 열등감과 불안함의
콤비라고 부르는데 이는 피츠제럴드의 계층과 부, 그리고
남성성에 대한 불안감을 보여주기 때문입니다. 사실
인간이라면 누구나 가질 만한 지극히 평범한 감정입니다.
겉으로 드러내지 않으려고 애쓰기 때문에 모르지만요.
개츠비는 사랑을 잃은 탓을 계층과 부 때문이라고 생각하고
엄청난 부를 쌓으면 그녀가 다시 돌아오리라 생각합니다.
사실 그때나 지금이나 돈이 중요한 건 사실이긴 하죠.
똑같은 조건이라면 경제적 여유가 있는 사람이 끌리는
건 당연하고요. 하지만 '똑같은 조건'이라는 게 있을 리가
없습니다. 문학 동네가 아닌 인간 동네에서는요.

『밤은 부드러워라』의 주인공인 정신과 의사 리처드
다이버는 "딕*dick*"이라는 애칭으로 불립니다. 피츠제럴드의
남성성에 대한 고민이 주인공에게 전적으로 투영되었다고

볼 수 있지요. 누구나 자기가 하던 일을 뺏기거나 지장을
받으면 "아, 내가 능력이 없나?"라고 느끼게 됩니다.
피츠제럴드는 아내인 젤다에게 그런 감정을 느꼈던 것
같아요. 이런저런 페이퍼에서 보였던 젤다의 글쓰기
시도는 피츠제럴드를 움츠러들게 했다고 합니다.
그때까지만 해도 글쓰기 영역은 남성성의 표본이었고,
피츠제럴드는 남성성이 과하다고도 평가되는 헤밍웨이를
존경하며 친하게 지냈습니다. 젤다의 활동은 이런
피츠제럴드의 마음에 상처를 내기에 충분했죠. 더군다나
젤다는 피츠제럴드에게 어떤 여자도 만족시켜줄 수 없는
남자라고까지 말했다고 하네요.. 뒷배경을 알고 나니 그의
작품들이 다르게 보이기 시작했어요. 그는 위대한 작가이기
이전에 평범한 인간이고 누구보다 안정적인 부와 사랑을
원했다는 것 또한 알게 되었죠.

그들이 살던 시대를 직접 살아본 건 아니라서 어느 정도로
힘들게 글을 썼는지는 잘 모르겠습니다. 하지만 그때나
지금이나 작가들은 글에 관해서 항상 제 가치를 인정받지
못했던 것 같아요. 좋아하는 일을 하면서 돈을 버는 작가도
있던 반면에 돈을 벌기 위해서 쓰고 싶지 않던 글을 쓰기도
했을 테니까요. 시대가 언제든 돈 버는 일은 누구에게나
힘든 일인가 봅니다.

이제 저와 선아 님 이야기를 해야겠네요. 글쓰기뿐만 아니라 책방으로도 참 돈 벌기 힘들죠. 제가 책방을 처음 시작할 때 어떻게 시작했냐고 묻는 분들이 참 많습니다. 그때마다 책을 읽다가 우연히 떠오른 생각을 실행에 옮겼다고 말합니다. 『약국 안 책방』에도 썼지만 저는 경제서를 종종 보는 편입니다. 여담이지만 대한민국에서 경제서를 읽는 사람들은 통계적으로 남성이 많다고 하네요. 저 역시 경제서를 꽤 읽었고 주식, 부동산 등의 실전에 바로 투입할 수 있는 방법론을 읽기보다 쉽게 풀어 쓴 원론서를 읽었습니다. 당시 신간들은 다 읽었다고 보면 됩니다. 세계 경제나 돈의 역사, 금리, 환율 등 주제를 잡아서 하나를 읽고 거기서 파생된 책을 읽는 식이었죠. 문학을 읽을 때 한 작가의 책이 재밌으면 그 작가의 구간, 작가 절친의 책, 작가 책에 추천사를 쓴 사람의 책 등을 찾아 읽는 패턴과 비슷합니다. 당시에 책을 읽으며 느낀 바는 당장 주식이나 부동산 투자를 해야 한다는 것보다 내가 할 수 있는 걸 찾아보는 것이었습니다. 직업이 하나인 것보다는 여러 개인 삶을 생각하게 되었고 내가 꽤 좋아하는 일을 하면서 1,000원이라도 벌 수 있는 일을 해보자는 것이었죠. 물론 새가슴이라 절대 부담은 없어야만 했습니다. 그렇게 '아독방'은 태어났습니다. 오늘도 1,000원은 번 것 같아요. 물론 부자가 되기엔 글렀습니다. 책방에다 투자를 하다니

경제서를 그렇게 읽고도 정신을 못 차린 거죠.

선아 님은 경제서를 좋아하시나요? 회사에서 필독서로 안겨주는 책 중에 경제서는 무조건 끼어 있는데 아마 그럴 때 읽으셨을 것 같기도 하네요. 만약 안 읽어보셨다면 홍춘욱 박사의 저서들을 추천드립니다. 쉽게 글을 쓰고 대중과 자주 소통하는 분이라 누구나 이해할 만한 책을 쓰십니다. 또, 중요한 점이 있는데요. 무엇보다 저자의 마인드가 좋습니다. 시장에서 은근히 분야 간 자존심 싸움이 있습니다. 주식 대 부동산 이런 식으로요. 수익률 등으로 상대를 무시하곤 합니다. 이분은 이코노미스트 출신이라 주식이 주 종목인데 다른 분야를 절대 무시하지 않고 전체를 아우르는 이야기를 많이 하시더라고요. 문학에서도 고전문학 대 현대문학의 대결 구도가 불편한 저로서는 이 점이 정말 좋았습니다. 혹시 경제서 중에 좋았던 책이 있다면 추천해주세요.

맘 편히 책방 할 수 있는 그날을 기약하며.

내 마음대로 꼽은
세계문학 베스트 5

구선아

1. **『변신』** 프란츠 카프카

   카뮈보다 먼저 실존주의 문학을 알게 한 작가와 소설이다. 존재가
   본질보다 우선하는가? 일상은 진실인가, 희망과 거짓으로 씨줄 날
   줄 엮인 허구인가? 가장 친밀한 관계라는 집단 속에서도 우리는 이
   방인인가? 질문한다.

2. **『이방인』** 알베르 카뮈

   10대, 20대, 30대를 건너오며 10년마다 읽는 책. "오늘, 엄마가 죽
   었다. 아니 어제였는지도 모른다." 이 유명한 문장으로 시작하는 책
   은 온통 뜨거운 알제리의 여름 같은 카뮈가 가득하다. 40대가 되었
   지만, 이번엔 아까워 읽기를 미뤄둔 책이다. 읽기 두렵다.

3. **『남아있는 나날』** 가즈오 이시구로

   일본 이름을 가진 영국인 소설가 가즈오 이시구로의 대표작이다.
   영국 계급사회를 배경으로 한 책이지만, 직업과 일과 삶과 관계에
   관해 생각하게 한다. 그리고 자신이 믿었던 신념마저 허망해지는
   늙음에 관해 이야기한다.

4. **『멋진 신세계』** 올더스 헉슬리, **『1984』** 조지오웰

   개인과 공동체, 감시와 처벌, 행복과 쾌락, 노동과 자본, 미디어와
   언론 통제 등 100년 전 쓴 소설 속 일들이 지금 현대 사회에 실제가
   되어 나타났다.

5. **『걸리버 여행기』** 조너선 스위프트

   작은 사람들의 나라인 릴리퍼트, 거인 나라인 브롭딩낵, 하늘을 나
   는 섬인 라퓨타, 말의 나라 후이넘스 랜드 여행기다. 널리 알려진 이
   야기는 총 4부 중 1부인 릴리퍼트 기행이다. 1726년 소설이란 점도
   신기한데, 당시 영국 정치와 과학계를 풍자했다. 놀랍다.

1. **『인생의 베일』** 서머싯 몸

   문고리 스릴러※로 시작하는 이 작품은 욱하는 마음에 결혼한 한 여성의 불륜을 그린다. 하지만 읽다 보면 '한 여성의 성장기'임을 알 수 있다. 서머싯 몸은 심리 묘사를 잘할 뿐만 아니라 믿기지 않을 정도로 읽기 쉽게 글을 쓴다.

2. **『대성당』** 레이먼드 카버

   단편 모음집. 카버의 글에는 어떤 '행동'을 촉발시키는 에너지가 있다. 고전 소설이 내면의 성찰을 끌어낸다면 카버는 한 걸음 더 나아가 그 성찰로 내가 바뀔 수 있는 계기를 준다.

3. **『이 글을 읽는 사람에게 영원한 저주를』** 마누엘 푸익

   『거미여인의 키스』로 잘 알려진 마누엘 푸익의 소설. 처음부터 끝까지 대화로만 이루어져서 짚어가며 읽지 않으면 누가 한 이야기인지 헷갈린다. 두 사람의 대화 속에는 시대상을 비롯하여 젊은이와 노인의 가치관이 모두 들어 있다.

4. **『라쇼몬』** 아쿠타가와 류노스케

   14편이나 들어간 단편집. 모든 단편에 작가의 특별한 기조가 있다. 아쿠타가와 류노스케는 정말 끝도 없을 만큼 인간의 원초적인 감정과 심리만을 이 책에서 뽑아낸 것 같다. 『라쇼몬』을 읽고 나면 잠시 모든 게 부질없어 보일 수 있지만, 적어도 내 근본과 존재의 의미는 되새길 수 있다.

5. **『토버모리』** 사키

   표제작인 「토버모리」에 나오는 고양이는 훈련을 통해 인간의 말을 이해하게 된다. 계급사회 속 추악한 비리와 비밀을 감춘 상류층의 이야기를 고양이가 지붕 위로 다니며 듣고 기억한다는 자체만으로도 재밌다. 독특한 소재, 탁월한 풍자와 위트가 모두 담긴 소설이다.

⌘ 주인공이 불륜 중에 누군가가 문고리를 돌리는 섬뜩한 상황

이 작가를
눈여겨보자

1. **올리비아 랭** Olivia Laing

   예술과 예술가에 관한 글을 주로 쓴다. 예술은 우리에게 다른 삶의 방식을 제안한다고 말한다. 나 역시 예술과 문학이 그러하다고 믿는다. 국내 출간된 책 외에 〈더 가디언〉이나 〈프리즈〉에 실린 글을 함께 읽기를 권한다.

   📖 『이상한 날씨』『외로운 도시』『에브리바디』 등

2. **데버라 리비** Deborah Levy

   희곡과 소설도 쓰지만, 한국엔 회고록이 먼저 출간되었다. 여성, 이방인, 작가, 그리고 이혼녀이자 엄마. 여러 정체성을 가진 그의 회고록은 기억의 소용돌이 속에 있으나 쓸쓸하지 않고 끈적거리지 않는다. '자기만의 방과 500파운드'를 잇는 여성과 픽션, 여성과 글쓰기, 여성과 책 읽기에 관한 글로 으뜸이다.

   📖 『알고 싶지 않은 것들』『살림비용』 등

3. **팀 잉골드** Tim Ingold

   유기체로서의 공간과 장소와 인간의 끊임없는 변화를 탐구하는 인류학자다. 세상의 모든 것은 선(line)으로 이어져 있고 '선으로서의 삶은 조응의 과정'이며 '조응을 망각했기에 생태 위기'가 찾아왔다고 말한다. 오랜만에 느리고 깊게 읽을 작가를 만났다.

   📖 『조응』『모든 것은 선을 만든다』『라인스』 등

4. **김기태**

   2022년 등단 후 2024년 젊은작가상을 수상하며 소설집 한 권이 세상에 나왔다. 이 한 권의 소설집만으로 난 앞으로 이 작가가 출간하는 소설은 찾아 읽겠구나, 싶다.

   📖 『두 사람의 인터내셔널』

1. **전하영**

   자신만의 독특한 방식으로 새로운 여성주의 글쓰기를 선보이는 작가. 영화·미술 작업을 했던 작가의 이력이 소설에 어우러져 예술적 소재들이 기존 소재로 등장하며, 수없이 갈등하고 억압받는 등장인물들이 자기 합리화나 변명보다는 담담함을 택하는 게 특징이다.

   📖 『시차와 시대착오』 「소설 보다 : 가을 2023」

2. **이인애**

   진득한 현실을 특별하게 전달하는 힘을 가진 작가. 그 바탕에는 숱하게 해온 사전 조사가 있다. 그 때문일까. 마케팅 광고로 어려운 이들을 후원하게 만드는 알고리즘보다 훨씬 구체적인 마음을 가능하게 한다.

   📖 『안녕하세요, 자영업자입니다』 『연아의 봄』

3. **피터 괴체** Peter Christian Gotzsche

   근거 중심 의학연구기관인 '코크란 연합(Cochrane Collaboration)'을 설립해 운영중인 의사. 회의주의적 시각을 가지고, 잘 설계된 임상 시험 결과가 존재하는 약과 의료행위만 권장한다. 거짓 정보가 넘쳐나는 시대에 쓴소리를 마다하지 않아 다음 책도 기대되는 작가이다.

   📖 『위험한 제약회사』 『위험한 과잉의료』

4. **임성순**

   『컨설턴트』로 2010년 제6회 세계문학상을 수상하며 데뷔했다. 스타일이 변화무쌍해 각각의 책마다 다른 몰입감을 주는 작가. 그의 작품을 접하고 난 뒤, 한 권만 읽은 사람은 없을 것이다.

   📖 『극해』 『자기 개발의 정석』

27th Letter

구
선아

여성의 글쓰기란

오랜만에 편지를 받았네요. 익명의 편지가 아닌 제 이름으로
발신되고 수신되는 편지는 훌륭 님 편지가 유일해요.
메시지를 주고받는 일이나 편지 모두 비대면 대화인데
편지는 쓰는 마음이 조금 다르달까요? 휴대폰 안에는 온통
사람들의 연락처로 가득하지만 수많은 익명처럼 느껴져요.
아무에게도 말할 수 없는 목소리인 손새인 세고요. 고갠만이
편지가 반가웠다는 말을 길게 썼습니다.

그런데 경제서를 추천해달라는 말에 멈칫했습니다. 일이나
브랜드, 새로운 트렌드에 관한 책을 읽지만 사실 경제
분야는 딱 떠오르지 않아요. 흥미롭게 눈여겨본 현상은 몇
년간 글쓰기로 돈 벌기와 같은 책이 많이 출간되었다는
겁니다. 블로그, 인스타그램 등 SNS 글쓰기와 전자책
만들기를 통한 돈 벌기요. 종이책뿐만 아니라 재능
플랫폼이나 크라우드 펀딩 사이트에서도 엄청난 금액으로
쌓인 것도 보았고요. 자극적인 마케팅 언어로만 쓰인 이런
책은 사실 신뢰하지 않습니다. SNS를 활용해 퍼스널
브랜딩과 커뮤니티를 만들고 콘텐츠를 생산해 돈을 번다는
흐름이면 이해하지만, 과장이 많아 보여요.

최근 읽은 경제서는 챗GPT에 관련한 책이었습니다.
챗GPT를 시대 혁명처럼 부르고 산업이 변화하니 돈 버는

방법, 돈이 벌리는 방법도 달라진다는 말들이더군요.
글쓰기도 달라지고요. 거인의 어깨에 올라타야 돈을
번다는데. 전 보기보다 안정과 안전을 중요시하는
사람이라서요. 혹시 내가 거인이 되는 일이라면 모를까요.
전 경제서도 사회의 변화 중심으로 읽는 것 같아요. 돈의
흐름은 산업의 변화에 낳낳고 산업의 변화는 사회의 변화와
같이요.

구
선아

지난 편지에서 눈에 띈 건 젤다였습니다. 제가 젤다에 관심을
가진 건 우디 앨런 감독의 〈미드나잇 인 파리〉(2011)를
보고서예요. 영화에선 술과 파티를 좋아하고 다소
신경질적인 모습으로 나와요. 〈지니어스〉(2017)에서도요.
피츠제럴드와 친밀한 관계였던 헤밍웨이의 글들 때문인 것
같아요. 헤밍웨이의 『파리는 날마다 축제』나 「킬리만자로의
눈」이요. 알려진 것처럼 헤밍웨이는 피츠제럴드의 재능을
인정하고 좋아했습니다. 그가 술을 좋아하고 방탕한 생활을
한 이유가 젤다 때문이라고 여겼다고 해요. 하지만 전
피츠제럴드도 좋아하고 젤다도 좋아하는 독자로서 전혀
동의하지 않지만요.

젤다의 자유롭고 거침없는 삶의 방식과 태도 그리고 그의
글쓰기를 좋아합니다. 아마 피츠제럴드도 이런 젤다의

모습에 반했겠죠. 젤다는 피츠제럴드에게 글쓰기 동기를
갖게 했고 성공욕에도 불을 지폈어요. 피츠제럴드의
많은 작품 속엔 젤다가 등장합니다. 그의 글을 지금까지
읽게 만든 『위대한 개츠비』도요. 데이지는 젤다이기도
했으니까요.

훌륭 님이 좋아한다는 『밤은 부드러워라』는 이상한 마음이
생기는 작품입니다. 피츠제럴드는 젤다가 쓰고 출판사에
보낸 자전적 소설 『왈츠는 나와 함께』가 자신이 곧 발표할
『밤은 부드러워라』의 내용과 겹치자 젤다를 질타하고
자신의 것을 훔친 것처럼 여겼다고 해요. 그래서 전 왠지
『밤은 부드러워라』를 좋아하지만 좋아한다고 말하기 힘든
마음이랄까요. (물론 제가 피츠제럴드를 좋아하는 이유 중 하나는
그의 세련된 문체 때문이지만요.) 참고로 그의 소설 중 「말괄량이
아가씨들과 철학자들」 「아름답고 저주받은 자들」 「벤자민
버튼의 시간은 거꾸로 간다」가 실린 『재즈 시대의 이야기』를
좋아해요. 젤다와 젤다의 인생 전체는 어쩌면 피츠제럴드의
글감이자 영감이었을지 모릅니다. 뮤즈라는 말로 다하기
부족할 정도죠.

젤다는 피츠제럴드만큼이나 글쓰기에 관한 창작열이
불탔어요. 피츠제럴드가 젤다에게 영향을 받고 그의 능력을

질투한 만큼 젤다도 24세에 미국에서 가장 기대되는 작가가
된 피츠제럴드를 보며 열정과 실력을 키우지 않았을까요?
하지만 아쉽게도 젤다의 글은 당시 인정받지 못했잖아요.
평단과 독자는 물론 피츠제럴드조차 무시했으니까요.
젤다가 쓴 글이 피츠제럴드의 이름으로 발표되거나 공저로
실리는 일이 많았다는 건 아시죠? 피츠제럴드 이름으로
실려야 원고료를 더 많이 받은 이유도 있지 않았을까요?
이름에 따라 원고료가 달라지다니요. 아무리 뉴욕과 파리가
새 시대, 새 도시가 된 시기였어도 당시 여성은 남성만큼
사회적 위치를 갖지 못했어요. 여성이 목소리를 높여 자신의
의견을 말하면 무시당하거나 거만하다고 평가되었습니다.

젤다는 글쓰기로 분출하지 못한 창작열을 그림과 발레로
풀었어요. 전시회를 열 정도의 그림 실력과 정식 발레단
입단 제안을 받을 정도로 발레도 잘했다니. 대단합니다.
하지만 병원에서 화재로 사망하기 전까지 놓지 못한 건
글쓰기였습니다. 젤다가 남긴 글을 보면 피츠제럴드가
명명한 재즈 시대가 잘 나타나요. 시대를 반영하거나
젊은이들이 원하는 시대가 엿보입니다. 그리고 젤다는 매우
용감했어요. 그의 단편소설 「오리지널 폴리스 걸」에는 이런
문장이 나옵니다. "그녀는 아주 용감했다. 그녀에게 일어난
일들보다 그녀가 더 용감했다. 언제나. 용기는 어떻게든

자신을 몰아대기 마련이다." 젤다가 젤다에게 한 말 같아요.

젤다와 동시대를 살며 글을 쓴 여성 작가들, 이후 이들을
선배 삼아 글을 쓴 여성 작가들이 많습니다. 한국엔
나혜석이 있었고 영국엔 버지니아 울프, 조금 시간이
흐른 후 프랑스엔 프랑수아즈 사강이 있죠. 보누 이린
여성보다는 개인이 되길 원했던 작가들이에요. 제가
지금 책 읽기, 글쓰기를 시작한 이유이기도 합니다. 감히
생각해보면 남성 작가가 돈벌이나 명예로움, 사회적
지위 때문에 글을 쓰고 책을 엮었다면, 여성 작가는 한
개인으로서의 나를 찾기 위해 글을 쓴 사람이 많았던 것
같아요. 개인으로서 개인의 삶을 주체적으로 살기 위해서요.
물론 전 돈을 벌기 위해서도 글을 씁니다.

페미니즘이 출판계 화두가 되며 페미니즘보다 더 확장된
여성의 글쓰기나 여성 작가의 글도 많이 출간되고
읽히고 있습니다. 최근엔 아예 출판사에서 여성 작가나
여성 작가의 글을 발견해 여성 독자를 타깃으로 한 책이
많아졌고요. 소설이 아니라 더 내밀한 개인의 이야기를
담은 산문집으로요. 아니 에르노, 토니 모리슨, 비비언 고닉,
올리비아 랭과 같이요. 오늘은 책보다 작가에 관해 더 많은
이야기를 썼네요.

박
훌륭

숨 쉬듯

꾸밈없는 글

선아 님 잘 지내셨죠? 신촌에서 뵙고 나서 첫 편지네요.
두문불출하려는 저를 잡아끌고 행사에 참석시켜주셔서
감사합니다. 감정적 반전이 필요했던 시기라 이벤트가
아니었다면 저 스스로 뭔가를 실행하기엔 한계가 있었을
거예요.

젤다를 비롯해 여러 여성 작가들의 이야기 잘 읽었습니다.
제가 접했던 작가도 있어서 흥미로웠어요. 선아 님이
좋아하는 작가가 어떤 서사의 큰 줄기를 가졌는지도
대강 파악할 수 있었습니다. 편지를 읽으면서 저도 제가
좋아하는 작가, 아니 글쓰기를 곰곰 생각해보았어요. 과연
나는 어떤 글쓰기를 추구하고 좋아하는지.

'숨 쉬듯 글'이란 말이 떠오릅니다. 저는 이런 글을
좋아합니다. 숨 쉬듯 꾸밈없는 글이요. 가쁜 숨도 있고
안도의 한숨도 있는 '숨'이라는 건 애써 진지하거나
가벼워져야겠다는 생각 없이도 자연스레 쉬어집니다.
기본적으로 그런 글이 좋아요. 좀 더 많은 사람이 알
수 있도록 쉬운 단어, 길지 않은 문장이 좋아요. 하나
더 욕심부리자면 글쓴이의 재치나 유머가 섞이면 더
좋겠습니다.

그런 특성이 도드라지는 에세이 장르가 누구나 접근할 수 있는 가장 보편적이고 넓은 의미의 글쓰기인 것 같습니다. 에세이는 일기에서부터 인용이 제법 있는 평론까지 포괄할 수 있는 장르인데 몇몇 사람들은 에세이 작가에게 "일기는 일기장에다 쓰라"는 식의 말을 서슴지 않으니 안타깝습니다. 제 아무리 에세이*essay*라는 단어가 프랑스 사상가인 몽테뉴의 『**수상록Essais**』에서 왔다지만 꼭 사상가처럼 진중한 글만 쓸 필요는 없지 않을까요?

희한하게도 제가 글을 써야겠다는 자극을 받는 경우는 좋아하는 글의 양식과는 거리가 좀 있습니다. 일례로 저희 책방에서 '조르주 페렉과 프랑스 문학'이라는 주제로 김호영 교수의 강연을 들은 뒤 저는 너무나도 글을 써보고 싶다는 욕구를 느꼈습니다. 페렉은 저를 자극하는 독특한 매력을 가졌고 수수께끼 같은 글을 즐겼지요. 지금도 좋아하는 작가를 이야기할 때 페렉을 빼놓지 않습니다. 물론 자연스러움을 추구하는 글쓰기와는 대치되는 면이 있지만 저에게 동기를 주는 작가죠. 그는 재미 요소가 빠지지 않도록 글을 씁니다. 제가 쓰는 글의 반 이상에는 숨겨진 수수께끼가 있습니다. 글자 수로 다른 의미를 품고 있다든지, 알파벳을 재배열하면 비밀스러운 주제가 드러난다든지 하게끔요. 어차피 그런 비밀은 발견한

구
선아

사람만 느낄 수 있는 재미니까요. 조르주 페렉의 에세이 『나는 태어났다』를 보시면 책의 앞 면지에 페렉의 암호를 써놨는데요. 'W6w0146'이라고 쓰여 있습니다. 이건 거울에 비춰보면 프랑스어로 'Memoire(기억)'가 됩니다. 이 단어는 페렉의 글쓰기 전반에 아주 중요한 역할을 합니다. 신기하지 않나요?

페렉과 친했던 작가 중에 레몽 크노라는 작가가 있습니다. 그 역시 페렉처럼 요상한 글쓰기를 즐겼는데, 아마 둘 다 그렇게 글 쓰고 노는 것이 재밌었나 봅니다. 국내에는 출간되지 않았지만 레몽 크노는 10개의 소네트를 바꿔가면서 14행의 시 100조 편을 만들 수 있다며 『백조兆 편의 시』를 책으로 내기도 했습니다. 다만, 그의 너무 실험적인 성향 때문에 대중들이 그의 책을 읽기가 쉽지 않다는 문제가 있긴 해요.

어쩌면 젤다의 시대를 살던 여성들은 정말 재밌어서 혹은 말하기 위해서 글을 썼을지도 모르겠습니다. 남성들은 글쓰기를 통해 명예와 부를 얻겠다는 목표가 있었겠지만 사회는 여성들을 철저히 무시하고 뒤로 밀어냈죠. 그러니 더 솔직하고 자연스러운 글쓰기를 했을 것이고, 그게 후세에는 각광받는 것 아닐까요. 여기서 저는 또 제 글쓰기의

힌트를 얻습니다. 여러 가지를 직접 느끼고 다양하게
경험하되 쉽고 솔직하게 풀어쓰는 것! 맞아요. 저에겐 그게
어울립니다.

글쓰기는 참 오묘합니다. 머릿속에 들어 있는 생각들을
글자로 씨낸나는 건 쉬워 보이면서도 어렵습니다. 쓰다
보면 처음에 가졌던 방향과 완전히 달라지는 경우도
많고, 좋아하는 글쓰기 분야가 아닌 경우도 생기고요.
참, 얼마 전에 독특하다고 생각해서 들여놓은 책이
있는데 루이스 캐럴이 쓴 책입니다. 주제가 뭘까요?
희한하게도 '수학'입니다. 루이스 캐럴은 『이상한 나라의
앨리스』로 유명한 작가이자 사실 수학자이기도 합니다.
『논리게임』이라는 책인데, 캐럴이 대학생 제자들을 가르칠
때 쓰던 교재를 새롭게 엮은 거라고 합니다. 이 책을
보고 루이스 캐럴도 우리처럼 투잡 생활을 했다는 것에
웃었습니다.

요즘엔 글을 쓰고 싶어 하는 사람은 누구나 글을 쓸 수
있습니다. 여러 온라인 플랫폼이 있고 우리처럼 온라인
레터를 발행하기도 하지요. 여기서 한 단계 더 나아가
자신의 책을 만드는 사람도 많죠. 몇 년 전부터 독립
출판물이 유행하다 요즘엔 정말 '억수로' 많아졌는데요.

**구
선아**

저희 책방에는 독립 출판물이 거의 없지만, 선아 님이 운영하시는 책방에는 많은 걸로 알고 있습니다. 그들에게 글쓰기는 무엇일까요. 어쨌든 책을 읽다 보면 글을 쓰게 되는 건 자명한 것 같습니다. 인풋을 아웃풋으로 내놓는 것이랄까요.

저는 조지 오웰처럼 용감하지 않아서 앞으로도 조심스러운 글만 쓰겠습니다. 오늘도 급작스럽게 마무리하고 퇴청할게요. 다음 편지 목 빼고 기다리겠습니다.

구
선아

나는 왜 쓰는가

지난 편지가 도착하고 이 편지를 쓰는 사이 벚꽃이 모두 떨어졌습니다. 10일이나 일찍 피고 진 벚꽃이라니, 앞으로 지구는 어떻게 될까요. 바쁘게 봄을 시작했는데. 꽃이 떨어진 자리마다 여전히 봄의 흔적이 남았지만, 곧 여름을 맞이할 채비를 해야 할 모양이에요.

그래도 편지 덕분에 즐거운 일주일이었습니다. 지난 편지는 제가 좋아하는 작가가 잔뜩 등장했거든요. 루이스 캐럴, 조르주 페렉, 조지 오웰이라니. 프란츠 카프카가 빠져서 좀 아쉽지만요. 루이스 캐럴은 『이상한 나라의 앨리스』, 조르주 페렉은 『공간의 종류들』, 조지오웰은 『1984』로, 프란츠 카프카는 『변신』으로 입문했어요. 신기한 건 입문 이후 그들의 많은 다른 작품을 읽었지만 가장 좋아하는 건 모두 입문작입니다. 특히 루이스 캐럴의 『이상한 나라의 앨리스』는 여러 출판사의 그림책과 동화책도 소장하고 있고, 카프카의 『변신』은 출간된 대부분의 출판사 번역본을 읽었어요. 최근엔 조르주 페렉을 가장 좋아합니다. 아니 흥미롭다고 해야 할까요? 일상의 글쓰기를 파편적이지만 매우 집착적으로 기록하되 게임처럼 경우의 수를 두는 게 놀랍고요. 완벽한 게임 안에서 허수를 두거나 구멍을 일부러 만들어 완벽한 인생이 없음을 글쓰기로 말하는 것도 놀랍습니다.

훌륭 님은 조지 오웰처럼 용감하지 않다고 하셨죠?
아닙니다, 이미 보통보다 용감해요. 글을 쓴다는
것만으로도 자신을 드러내고 있다는 것이니까요.
에세이뿐 아니라 소설도 교양서도 어느 장르의 글을 써도
마찬가지라고 생각해요. 게다가 저도 훌륭 님도 작가가
꿈이 아니었어요. 글쓰기를 제대로 배운 적도 없고요.
조지 오웰은 대여섯 살 때 자신은 작가가 되리라는 것을
알았다고 해요. 그렇다면 꿈꾸지 않았던 혹은 못했던
우리가 더 용감한 것 아닐까요?(웃음)

만약 정말 조심스러운 글만 쓴다면 글쓰기도, 삶도 나아질
수 없을 거라고 생각해요. 물론 꼭 나아지는, 성장하는
삶만이 행복한 것은 아니지만요. 그렇다고 제가 용감한
글쓰기를 하고 있다는 건 아닙니다. "언어를 다룰 줄 아는
능력과 세상의 불편한 진실과 직면할 힘"이 부족하거든요.
사실 좋아하는 작가들의 책을 다시 찾아보며 즐거웠던 지난
일주일. 제 글을 쓰지 못했어요. 약속된 한 편의 신문 연재만
겨우겨우 힘을 내 썼고요. 자주 질문하지만, 매번 적확한
답은 찾지 못하는 이 질문 때문일 거예요.

'나는 왜 쓰는가.'

같은 문장으로 조지 오웰이 1946년 여름 발표한 글 「나는 왜 쓰는가」가 있고 같은 제목으로 조지 오웰의 글이 묶인 산문집이 있죠. 조지 오웰은 글 쓰는 이유 특히 산문을 쓰는 데엔 네 가지 동기가 있다고 보았어요. 첫 번째는 온전한 이기심, 두 번째는 미학적 열정, 세 번째는 역사적 충동, 네 번째는 정치적 목적입니다. 이미 너무 유명한 말이고. 전 최근 글쓰기 시장을 보면 자아의 위로나 타자의 위로 목적이 더해진 것 같아요. 자신을 위로하고, 남을 위로하기 위해 쓰인 글이요. 깊은 자기고백적 글도 용기보단 공감과 위로의 의미로 더 사랑받고 있고요.

조지 오웰은 정치적인 글쓰기를 예술로 만드는 글이길 원했습니다. 정치적 목적이 결여한 글은 현란한 구절, 의미 없는 문장, 장식적인 형용사가 많고 맥이 없다고 했죠. 글쓰기의 시작은 항상 불의를 감지하는 데서부터였고요. 전 저의 불안과 결핍을 잠재우기 위한 것에서부터 시작했습니다. 그렇다면 온전한 이기심이라고 해야 할까요, 자아의 위로를 위해서였을까요. 지금은 사회적인 글쓰기를 원해요. 예술로 만드는 글쓰기가 아니라 삶을 변화시키는 글쓰기요. 글 쓰는 사람이든 읽는 사람이든 누군가 아주 작은 걸음이라도 변하길 바라고요. 저도 글쓰기와 읽기로 조금은 삶이 변화한 사람이에요.

처음에 전 쓰는 사람이기보다 읽는 사람이었어요. 저도
훌륭 님과 마찬가지로 꾸밈없는 글을 좋아합니다. 쓰는
것이든 읽는 것이든요. 간혹 어느 글을 읽으면 작위적으로
단어를 배치하거나 미학적 열정만 가득한 글이 있죠. 전
이런 글을 잘 읽지 못해요. 가끔은 특정 단어와 단어의
배열이 주는 아름나움이나 살 쓴 문장이 주는 단단함,
견고한 문단이 주는 리듬감에 빠져 들지만 순간적인
기분이지 다시 그 책이나 작가를 찾진 않게 되는 것 같아요.

밀란 쿤데라는 『소설의 기술』에서 사르트르의 짧은 평론
「쓴다는 것은 무엇인가?」를 언급하면서 작가 즉, 글 쓰는
사람에 관해 말해요. 작가는 "독창적인 생각과 흉내 낼 수
없는 목소리"를 가진 사람으로 자신의 생각에 표지를 붙여
어떤 형식으로든 목소리를 싣는 사람이라고 했어요. 제가
단어나 문장의 아름다움보다 생각이나 주제의 독창성에
더 매료되는 것도, 한두 개의 아름다운 글 때문에 좋아하는
작가라 말하지 않는 것도 이 이유 때문이에요. 그리고
글을 쓸 때 뭔가 거창한 목적으로 거대한 믿음이나 웅장한
마음으로 쓰면 안 된다고 생각해요. 기대가 크면 슬픔도
크다는 통속적인 말이 사실이기도 하거니와, 실존하지 않는
것을 본질처럼 만드는 일을 조금 지양하기도 하고요.

구
선아

여기까지 썼지만 '나는 왜 쓰는가'를 비롯하여 왜 이 시대엔
읽는 사람보다 쓰고 싶은 사람이 많은지 '우린 왜 쓰는가'에
관한 답은 지금 창밖의 희뿌연 미세먼지 같네요. 그러나
하나 확실한 게 있어요. 대부분의 사람이 어른이 되면서
남을 위해 살거나 일상의 고단함에 압도되어 이기적인 삶을
살기 어렵다고 하는데요. 유일하게 죽을 때까지 자신의
삶을 살아가려는 사람이 '작가'라고 한 조지 오웰의 말처럼
전 조금은 이기적인 삶을 살고 있다는 것, 앞으로도 일상의
고단함에 매몰되지 않게 노력할 거예요. 훌륭 님도 매우
공감되지 않나요? 아이가 있고 아이와 함께하는 삶도
아름답지만, 나를 위해 시간을 쓰고 혼자 있는 시간이
필요하잖아요. 아무리 고단함에 짓눌려도 읽거나 쓰고요.
나의 글쓰기에 관해서는 좀 더 시간이 쌓이고 글이 쌓이면
길게 써보겠습니다.

'나는 왜 쓰는가'에 관해 쓰다 보니 '나는 왜 읽는가'도
생각하게 되네요. 편지를 마친 후 또 다른 읽기를 시작하려
합니다. 그럼 쓰다가 읽다가 다시 만나요.

나의 글쓰기
노하우

구선아

일상의 글쓰기, 사사로운 것을 쓴다

일상의 글쓰기를 쫓는다. 사물, 사람, 사랑, 장소, 장면, 도시 모든 건 변하므로 기록이 필요하다. 그리고 일상의 글쓰기는 결국 사회학적 글쓰기로 나아가게 한다.

보고 듣고 관찰한다

장욱진 화백이 딸에게 "모든 사물을 데면데면 보지 말고 친절하게 보라"고 말했다. 쓸 이야깃거리는 특별한 사람에게 주어지는 게 아니다. 글을 쓰는 일 자체가 일상의 모든 것에서 이야기를 찾는 일이다.

습관처럼 메모한다

인간의 기억은 한계가 있다. "진짜 멋진 생각인데?" 싶은 것도 한두 시간 후면 감쪽같이 소멸한다. 단어 몇 개, 뒤엉킨 문장, 말도 안 되는 줄거리라도 일단 메모해둔다. 메모는 예쁘게가 아니라 언제 어디서든 나에게 간편한 방법으로.

새로운 것을 두려워하지 않는다

어떤 경험이든 모두 글이 될 수 있고, 나의 글쓰기 생활에 도움이 될 거로 생각한다. 그럼 새로운 일도, 아픈 일도 조금은 두려움이 사그라든다.

읽고 쓴다, 쓰고 읽는다

나의 글쓰기 선생님은 언제나 책이다. 아름다운 문장도 좋지만, 나를 움직이게 하는 문장이 좋다.

박훌륭

부담 갖지 않는다

모든 것은 메모와 일기 형식에서 시작한다. 잘 쓰려는 생각보다 그냥 쓰는 게 중요하다. 일단 카페에 앉아 단어를 끄적여본다. 처음엔 커피, 빨 □□ □□□□□□□□□□□□□□□□□□□□□□□□□□□□□□□□□, 빨□□고 동그란 빨대, 쟁반 갓을 쓰고 있는 완전히 동그란 백열등, 균형이 맞지 않는 나무 테이블, 연락을 기다리는지 초조해 보이는 남자 등으로 자세히 써본다. 어떤 글이 탄생할까?

바로바로

메모장에 쓰거나 머릿속에 꾹꾹 담아놓는다. 메모장보단 머릿속에 넣어놓는 걸 택한다. 다만 머릿속에 넣더라도 기억하기 좋은 요소를 추가한다. 예를 들면 당시에 들린 음악이나 옆 사람이 했던 말, 빵 굽는 냄새 등 나를 자극했던 오감 중 몇 가지를 함께 기억하는 방식이다. 만약 기억이 안 난다면? 내 소재가 아니다.

재미를 느끼자

쓰고 있는 와중에도 글쓰기는 어떤 재미가 있어야 한다. 재미는 쓰는 행위 자체에도 있을 수 있고 내 안의 한을 풀어내서 후련한 재미가 될 수도 있다. 재밌었던 일을 곱씹으며 느끼는 감정일 수도 있다. 반성문을 쓰는 게 아니다. 괴로워하면서 쓰는 글, 필사, 보고서 등은 글에 큰 도움이 되지 않는다고 생각한다.

책을 가까이

어떤 책이든 읽고 나면 자산이 된다. 한 페이지라도, 단 한 줄이라도 내게 영향을 준 책은 모두 도움이 된다. 책에 관대함을 보이자. 어떤 사람도 내 마음에 드는 말만 늘어놓는 사람은 없다. 책도 마찬가지다. 동의하지 않는 부분이 있다면 왜 그렇게 느끼는지 생각을 정리해보면 좋다.

서평 쓰는 법

구선아

1. 서평은 감상문이 아니다

독후 감상문은 줄거리를 요약하여 책을 소개하는 글이다. 하지만 서평은 비평과 감정이 들어가고, 가장 중요한 예비 독자의 행동을 유도한다. 서평의 주목적은 독자의 행동을 유도하는 것, 즉 그 책을 읽게 되는 것이다.

2. 비판적 읽기, 창의적 읽기를 함께 한다

비판적 읽기는 자신과 저자의 생각과 가치를 비교하라는 의미며, 창의적 읽기는 글의 내용 외 글의 맥락을 읽고 나의 생각을 더하고 다른 질문 등을 발견하면서 종합적으로 새로운 의미를 만들며 읽는 것이다.

3. 읽으며 생각을 적지 말고 생각을 접어둔다

책은 한 권을 다 읽었을 때 맥락이 변하고 구조가 달라지기도 한다. 중간중간 글을 쓰기보단 끝까지 읽은 후 접어둔 생각을 다시 펼쳐 연결한다.

4. 인용은 적당히, 적절히 한다

적절하게 들어가는 인용은 글을 빛나게 한다. 하지만 서평이라고 인용은 필수가 아니다. 인용에 골몰하지 않아도 된다. 꼭 필요한 부분만 한다.

5. 자유롭게 글을 마무리한다

서평이라고 글의 마무리에 책을 권하며 끝낼 필요는 없다. 추천 대상이나 이유를 나열할 의무도 없다.

박훌륭

1. 자기만의 포맷 찾기

쓰다 보면 본인에게 맞는 포맷이 생긴다. 가장 인상 깊었던 문장을 맨 앞에 쓰고 서평을 시작한다든지, 전체적인 내용을 짧게 작성하고 그다음에 고른 문장들을 죽 나열하는 방법도 있다. 제일 쓰기 쉬운 중간에 고른 문장을 넣는 방법도 있다.

2. 감상 vs 분석

읽은 책의 종류에 따라 이 비율은 달라진다. 감상을 쓸 경우, 본인의 경험과 책을 읽을 때의 감정을 함께 비춘다면 좀 더 자연스러운 글쓰기가 된다. 분석해서 쓸 때는 작가의 배경과 성향, 다른 작품과의 비교 등을 넣어본다면 조금 더 완성도 높은 서평을 쓸 수 있다.

3. 인용하기

적절한 인용이 들어간 서평은 이해하기 쉽고 생동감마저 느낄 수 있다. 서평을 쓰려는 책의 작가가 평소에 자주 하는 말이나 단어, 문장 혹은 책에서 뽑은 문장도 좋다. 쓰고 있는 글 사이사이에 배치해보자. 어디에 들어가든 상관없다. 훨씬 풍성한 글이 될 것이다.

4. 서평 읽기

평론가들은 기본적인 서평 골격은 갖추되 자기만의 색깔을 드러내는 경우가 많다. 그러니 이들의 글을 자주 읽어보는 건 나만의 서평 쓰기에 큰 도움이 된다. 뿐만 아니라 세월에 따라 쓰는 방식의 변화나 접근 방식의 차이를 파악하는 데에도 이롭다.

박
훌륭

사라져라,

읽은 것들

잘 지내셨어요? 요즘 날씨가 정말 요상합니다. 코로나도
계절 독감도 아닌 것들이 횡행하고 있는 이유가 날씨
탓도 있는 듯해요. 아침에는 춥다가도 정오 지나면 언제
그랬냐는 듯 덥고, 또 저녁엔 춥고. 단순히 일교차가 크다는
말로 표현할 수 없는 상황입니다. 날씨도 내가 오전에 어떤
날씨였는지 잊어버린 건 아닐까요!

이번 편지에선 읽는 행위에 관해 쓰려고 날씨 이야기로
시작했습니다. 자연스러웠나요? 저는 객관적으로 봤을
때 전문화된 리더Reader라기보다는 대중적인 리더 쪽에
가깝습니다. 책을 읽고 나서는 휘발시키는 걸 좋아합니다.
마치 손 소독과 같아요. 좋지 않은 것을 없애는 목적으로
바르고 문지른 다음 날려보내는 그런 거요. 그래서 저는
책을 읽을 때 보통 플래그를 하거나 줄을 긋지 않습니다.
문장을 기억하려 애쓰지 않고 따로 적어놓지 않아요. 제가
게으른 탓이기도 한데, 그렇게 책을 읽으려면 각 잡고
읽거나 플래그나 연필을 늘 갖고 있어야 하잖아요. 그래서
가름끈이 있는 책을 좋아합니다.

아버지 탓을 해야겠습니다. 아버지는 어릴 적 책을 사오며
이렇게 말씀하셨어요. "책은 한 줄이라도 나한테 남으면
그 책값은 다 한 거다. 아까워하지 마라." 집이 부유하진

않았는데 책 사는 걸 아까워하지 않으신 아버지 덕분에
제가 이렇게 책을 읽나 봅니다. 저는 책을 읽으며 저에게
맞게 덧씌우고 의미를 찾은 후 휘발시켜버리는 독서를
합니다. 그래서 제가 쓰는 리뷰나 책 소개에도 문장 뽑기는
거의 나오지 않아요. 책방을 운영하는 입장에서 좋은
습관은 아니죠. 잘 쓴 문장을 뽑아놓고 독자들을 유혹해야
하는데 말이에요.

박
훌륭

완독에 대한 강박도 전혀 없습니다. 그로 인해서 어떤
사태가 발생하느냐면 바로 『독경』 같은 책을 산다는
겁니다. 단지 저에게 어떤 영향을 주는지 궁금해서요.
이런 걸로 도파민을 충전하는 건지 의심할 때도
많답니다. 『독경』은 중국 주나라의 공자부터 당,
송, 명을 거쳐 청나라까지의 수많은 학자가 독서와
배움에 관한 말을 모아놓은 책입니다. 장밍런의
『고금명인독서법古今名人讀書法』을 번역한 것인데, 2012년에
번역을 시작해서 10년이 넘게 걸려 완성한 책입니다.
서문에는 이런 말이 나와요.

"책을 잘 읽으면 깨달을 수밖에 없고, 깨닫게 되면
인생을 헛되게 살 수 없다. 훌륭한 독서란 책을 읽고
깨달아서 각자의 하나뿐인 소중한 삶을 더 충실히

살아가는 데 있다. 대충 살고 말겠다면 책을 읽지
않아도 된다. 하지만 더 나은 사람으로 잘 살고자
한다면 책을 읽어야 한다. 다른 사람들은 어떻게
생각했는지, 어떤 시대정신으로 당대를 살았는지
알아야 하기 때문이다."

『독경』, 로벙이니, 4쪽

중요한 건 '사람들은 어떻게 생각했는지'입니다. 매체가
다양해졌다하더라도 우리에게 영향을 주는 매체 1순위는
책이라고 생각해요. 전자파의 영향 없이 차분히 집중할
수 있는 게 요즘엔 너무 없어요. '라테는 말이야' 느낌이
든다고요? 맞는 말씀입니다. 그런데 선아 님도 아시겠지만
살면서 '라테'는 필요합니다. 코앞에서 직접 듣는 게
별로라서 그렇지요. 그래서 우리는 책을 읽어야 하는 거
아닐까요. 직접 안 들어도 되잖아요. 공자 가라사대. 엄청
오래된 '라테'지만 간접적으로 들으니 꽤 괜찮습니다.

『독경』에서는 의미를 모르는 독서에 대해 일침을 가하는
이야기도 나옵니다. 『장자莊子』에 나온 에피소드예요.
제나라 시절 환공이 책을 읽고 있는데 수레바퀴를 깎는
장인인 윤편이 무슨 책을 읽고 계시냐 물었습니다. 그러자
환공이 "성인의 말씀이다"라고 대답했지요. 그러니 윤편이

"그 성인은 살아있습니까?"하고 물었지요. 환공은 이미
"돌아가셨다"라고 답해요. 그 말을 듣고 윤편이 하는 말,
"그렇다면 임금께서 읽고 계신 것은 옛사람의 찌꺼기일
뿐입니다." 임금은 윤편에게 그 이유를 제대로 말하지
않으면 죽이겠다고 했습니다. 일개 수레바퀴 깎는 사람이
자신의 독서에 관해 뭐라고 하니 그 시절엔 당연한
일이었을 겁니다. 그러자 윤편이 하는 말, "신의 일로 비춰
살펴보면, 수레바퀴를 너무 깎으면 헐거워서 견고하지
않고, 덜 깎으면 꽉 끼어 들어가지 않습니다. 너무 깎지
않거나 덜 깎지 않는 것은 손에서 터득해서 마음속으로
반응한 것이기에 입으로 말할 수 없으나 그 사이에 일정한
규칙이 존재합니다. 이 때문에 저는 제 자식에게도 이
법을 깨우쳐줄 수 없고, 제 자식도 저에게서 전해받을 수
없습니다. 이러한 까닭에 제가 나이 일흔이 되어 늙도록
수레바퀴를 깎고 있는 것입니다. 옛사람은 전할 수
없는 도와 함께 죽었습니다. 그러므로 공께서 읽는 것은
옛사람의 찌꺼기에 지나지 않는 것입니다."

어떤가요. 비유가 정말 좋지 않나요? 환공은 윤편을 죽일 수
있었을까요? 뒤는 모르겠습니다만 환공의 됨됨이로 봤을
때는 죽이진 못했을 것 같네요. 분명한 건 내가 먹은 음식이
내 몸의 향기를 만들 듯 내가 읽은 책이 내 정신의 향기를

만들 거라는 겁니다. 음식 취향이 변하듯 독서 취향도
변하는 건 두말할 필요 없겠죠. 이 다양한 세상에서 마주할
수많은 맛있는 음식, 만만치 않게 많은 의미 있는 책들, 퍽
괜찮지 않나요.

오늘도 누군가는 이렇게 묻겠죠. "너는 책을 왜 읽니?"
저는 이렇게 대답하겠습니다. "읽어보면 알게 돼." 말로
표현할 수가 없어요. 오늘도 저는 책을 읽고 휘발시킬
준비가 되었습니다. 선아 님도 또 다른 세상을 만난 후 다음
편지에서 재밌는 이야기 들려주세요.

구
선아

잘 살아가기 위한

읽기

곧 연둣빛 5월입니다. 일어나자마자 베개 옆에 둔 책 몇 페이지를 읽었습니다. 그러곤 마당이 있다면 좋겠다고 생각하면서 산책을 했습니다. 비가 온 뒤라 흙냄새가 공기 중에 섞여 있고 봄의 꽃은 모두 피었네요. 이런 날은 늦잠을 자면 속이 상합니다. 이렇게 아름다운 계절에 늦잠이라니.

저 역시 훌륭 님처럼 병렬 독서를 합니다. 한 번에 여러 책을 읽죠. 집에서, 책방에서, 출퇴근길에, 모두 다른 책을 읽어요. 집에선 흐름을 놓쳐도 괜찮은 책을 읽는데요. 상상하시는 것처럼 업무나 아이나 집안일로 멈추는 일이 잦기 때문이죠. 또 전 맥락적 독서를 즐깁니다. 책에서 책으로 연결되는 독서인데요. 어느 책을 읽다가 그 작가의 책을 몽땅 읽거나 책 속에 등장한 책을 읽거나 책과 같은 주제의 다른 책을 읽거나 하는 식이죠.

책을 읽다 보면 가장 나에게 맞는 자연스러운 형태의 독서법을 찾게 되는 것 같아요. 어떤 책이 나에게 페이지 터너⌘가 될지, 어떤 책이 나에게 영감을 줄지, 어떤 책이 나의 기분을 전환해줄지, 명확히 알진 못해도 가늠할 줄은 알게 됩니다. 참, 저도 책의 가름끈을 좋아해요. 가름끈이 없으면 책갈피를 사용하고요. 공부하는 책에는 줄을 긋지만 다른 책에는 긴 인덱스와 짧은 인덱스 스티커를 사용해요. 책을 읽을 땐 책갈피와 인덱스 스티커가 필수입니다.

저에겐 문장과 생각을 옮겨적는 문장 일기 노트가 있는데요. 책을 읽는 중간중간 멈추고 메모하지 않아요. 책을 모두 읽고 난 후 씁니다. 다 읽고 나면 인덱스를 붙여둔 곳을 떼어내기도 하고 다시 어느 곳을 찾아 헤맨 후에 써요. 이건 저의 게으름과 성격 급함으로 얻어진 독서 행위 중 하나인데요. 노트는 최소한의 시간에 최소한의 문장과 생각을 씁니다. 독서 과정 중 이미 휘발되거나 놓친 건 아까워하지 않아요. 어차피 우리에겐 남은 날들 동안 모두 읽지 못할 만큼의 좋은 책이 남아 있으니까요. 또 저는 책을 읽으면 빨리 다음 페이지가 읽고 싶어요. 일단 읽기 시작하면 며칠 이내 몽땅 읽어버리는 이유입니다. 물론 몇 장 읽지 않고 덮어버리거나 수년에 걸쳐 읽는 책도 있지만요. 가끔 공부를 위한 독서도 합니다. 숙제로 남은 글쓰기가 있기 때문이기도 하고, 관심을 넘어 전문가 영역에 진입하기 위함이기도 합니다.

독서 자체가 공부는 아니지만, 배움의 영역 안에 속한 행위라는 생각이 들어요. 삶을 잘 살아가기 위한

박
훌륭

배움이랄까요? 삶 안에서 잘 선택하고 그 선택을 후회하지 않기 위한 배움이랄까요. 그런데 마치 지금은 독서가 성적을 위한 학습이나 목표에 도달하기 위해 기술을 숙련하는 일처럼 느껴져요. 아마 독서가 지루하고 학습의 수단으로 여겨진 데에는 한국 사회의 학력고사식, 수능식 독해 때문일 겁니다. 교과서에 등장하는 소설이니 시를 해석할 때 자기 생각을 가지면 안 되니까요. 자기 해석을 하면 틀린 답이 되니까요.

최근 많이 논의되는 리터러시나 문해력도 마찬가지예요. 책을 읽어야 하는 이유는 문해력 증진을 위해서고, 문해력 증진을 통해 시험 문제를 해석하고 답을 찾는 능력이 뛰어나진다고 연결해요. 책을 많이 읽는 아이는 학교에서 우수한 성적을 갖는 경우가 많죠. 책을 많이 읽는 궁극적인 목표가 성적이라니. 성적 향상이 목적이라면 시간과 공간과 노력을 들여 책을 읽는 일이 최선이자 최적의 방법은 아닐 겁니다. 교양의 습득이나 자기 성찰의 목적도 마찬가지고요. 영상과 빅데이터, 큐레이션된 뉴스레터, 줄거리 요약본 등 학습하고자 하면 수단과 매체는 무척 많으니까요.

또한 수많은 정보와 매체와 큐레이션은 마치 누구나

어디에서든 활발하게 배우고 습득하는 세상처럼 보이게 합니다. 정보와 시간 감각이 경계가 없는 느낌도 들어요. "다름을 생각하고 소통하는 법을 배우는 게 아니라 자기의 옳음을 확신하고 강화"하기 위해 정보를 찾고 수집하는 것 같고요. 하지만 우리가 진짜 배워야 하는 이유, 읽는 인가이 되어야 하는 건 삶을 위한 일이란 생각을 다시 해봅니다.

독서는 무척 능동적인 행위입니다. 근대 인간을 만든 것도 독서, 더 정확히 말하면 '읽는 인간' 때문이고요. 읽는 행위를 통해서 사물이든 사건이든 무엇이든 텍스트가 되고 의미가 만들어집니다. 의미는 저자가 만드는 것이 아니니까요.

조병영의 『읽는 인간 리터러시를 경험하라』에선 읽고 쓰는 능력이 전문성을 가중하는 척도라고 말해요. 정제된 글이나 정보가 아닌 날것이나 복잡한 텍스트의 읽고 씀이요. 그리고 제대로 된 읽는 행위를 배우려면 '질문'할 수 있어야 한다고도요. 처음엔 저도 책을 읽으며 질문보단 답을 찾길 원했어요. 그러다 읽고 쓰는 시간이 길어지니 어느새 답보단 질문하게 되더라고요. 앞선 편지에서 제가 생각하는 좋은 이야기의 조건이 나에게, 세상에서 질문하게 되는 이야기라고 썼는데요. 이것도 먼저 잘 읽는 행위를 통해서만 얻어질 수 있는 일이었어요.

김성우, 엄기호의 『유튜브는 책을 집어삼킬 것인가』에서는
읽는 행위를 '맥락을 파악해가는 과정'이라고 말해요.
개인적, 사회적 문제 해결 능력을 그 맥락 안에서 얻는
거죠. 이에 책, 영상 모든 매체를 통한 읽는 생위가 삶을
위한 리터러시가 되어야 한다고 말하고 있어요. 삶을 위한
리터러시. 이건 단순한 배움을 넘어서는 차원 같습니다.

책에서 세대와 리터러시에 관한 일화를 예로 설명하는
부분이 있습니다. 전 여기서 아주 오래 책장을 넘기지
못했어요. 책을 읽지 못하는 어르신 세대의 사회적 배경
이를테면 빈곤, 학습격차, 블루칼라 노동자 등요. 그런데
한 자리에서 책 한 권을 읽어내는 능력이 그들에게도
있었습니다. 자기 삶의 이야기, 자기 삶과 관계한
이야기에서는 그 능력이 발휘되었습니다. 우리도 내
삶과 연결되거나 내가 관심 있는 책은 더 많이 읽고 잘
읽히잖아요. 리터러시가 삶과 권력의 문제이기도 하더군요.
저와 훌륭 님은 이미 삶에서 권력을 가졌습니다. "내가
원하는 내 삶의 텍스트를 써내고, 읽어내고, 평가받을 수
있는 권력"이 있으니까요. 삶 중심의 리터러시도, 제도가
용인하는 리터러시 영역 안에서도요.

제가 최근 리터러시를 위한 읽고 쓰기에 관심이 많았는데,
여기서 의문이 풀렸습니다. 전 읽고 쓰는 행위로 개인과
공동체가 삶을 회복하거나 살아내는 능력에 관심이
있던 것이었어요. 특히 제도가 용인하는 영역 안과 밖
관계없이요. 전 종이책의 힘을 믿지만, 종이책을 고집하진
않습니다. 이젠 나눔 분해력이 필요한 시대이니까요.
하지만 조금 거창하게 말하면 독서를 포함한 읽는 행위와
삶이 맺는 관계에 따라 개인과 공동체가 변할 수 있다고
생각합니다. 말과 글과 행동은 다른 차원에서 존재하는 게
아니란 걸 믿거든요.

세상은 빠르게 변하고 있습니다. 오월이 지나면 또 무언가
변하겠지요. 변화의 기술은 모두 익히지 못할 겁니다.
하지만 변화의 감각을 놓치고 싶지 않습니다. 이 감각은
당분간은 읽는 행위가 배신하지 않을 거라 믿습니다.

구
선아

"읽기라는 행위가 두 가지 역량, 고독해질 수 있는 역량과

고독을 견딜 수 있는 역량을 키워준다고 생각해요.

아렌트가 구분한 개념으로 보면⌘,

읽는 능력이 없는 사람이 공동체에서 떨어져 나가면

고독해지는 게 아니라 외로워집니다."

『유튜브는 책을 집어삼킬 것인가』, 따비, 91쪽

⌘ 『전체주의의 기원2』, 한나 아렌트 저, 한길사, 2006

나만의
독서법

구선아

맥락적 독서를 한다

한 권의 책 안에 수많은 책이 있다. 책에 직간접 인용된 책이나 작가 혹은 주제나 키워드가 흥미롭다면 같거나 비슷한 주제의 책을 더 찾아 읽는다.

병렬 독서를 한다

한 번에 여러 권의 책을 읽는다. 왼쪽 눈, 오른쪽 눈 다른 책을 읽는 신통한 기술이 있는 건 아니고, 하루에 여러 책을 나누어 읽는 편이다. 이를테면 집에서, 책방에서, 이동할 때 다른 책을 읽는다. 보통 서너 권의 책이다.

완독하지 않아도 된다

특정 정보를 얻기 위해 읽을 때, 읽다가 너무 재미가 없을 때, 과감히 책장을 덮는다. 다 읽지 못한 책이 책을 사는 속도를 따르지 못한다는 단점과 완독하지 않았음에도 모두 읽었다고 착각한다는 단점이 있다.

문장 노트를 쓴다

손 글씨로 문장 노트를 쓴다. 월별로 읽은 완독한 책의 목록을 쓰고, 몇 권의 책은 문장을 옮겨 적고 생각을 적는다. 책을 읽으며 연필이나 색연필로 밑줄 치고 포스트잇으로 붙이는 안표 위주로 다시 책을 훑으며 쓴다.

틈틈이 읽거나 읽는 시간을 '노력'해 만든다

약속 장소에서, 지하철을 기다리는 틈에 읽거나, 일과 생활에 독서 시간이 줄어들면 아침에 1시간 일찍 일어난다. 가끔은 책 몇 권만 들고 카페에 가기도 한다. 1 근미의 뭉뭉치럼 셰뱅에서 책 읽을 시간은 부족하다.

박훌륭

끌리는 대로

여기저기에 책을 둔다. 한 권은 침대 머리말, 한 권은 식탁, 한 권은 책방, 한 권은 가방 속 등 둘 곳은 많다. 그러다가 한 권에 몰입이 되면 그냥 쭉 본다. 보통 이런 방식은 여러 책에 비슷하게 끌릴 때 사용한다. 병렬 독서라고 말한다.

파생 독서

책을 읽다 보면 궁금해지는 책이 나오기 마련이다. 종종 소설 속에 등장하는 실제 책이 궁금하다. 그럴 때 지금 읽는 책을 완독 후 찾아서 읽는다. 작가가 관심 있게 본 책을 따라 읽을 수 있는 방법 중 하나다.

작가별 독서

처음 읽는 작가의 책이 취향에 맞았다면 그의 이전 작품 중에 하나를 골라서 읽는다. 작가의 이야기 방식이나 궤적을 이해하는데 도움이 된다. 그 책 역시 좋았다면 시간을 두고, 다른 작가의 책을 읽은 뒤 더 찾아 읽는다.

책은 언제, 어디에서나 경험할 수 있는 예술

책만큼 시공간의 제약을 적게 받는 취미는 드물다. 원한다면 어디서든 읽을 수 있다. 나는 어느 정도 소음이 있는 공간에서 읽는 것을 선호한다. 하지만 사람이 늘 같을 수는 없는 법. 정말 조용히 책을 읽고 싶다면 근처 스터디 카페에 가서 읽는다. 단, 30분 이상 시간이 확보되었을 때만 책을 꺼낸다.

박
훌륭

일하지 않고

일하고 싶다

정말 봄이네요. 언젠가부터 봄은 아침저녁으로는 쌀쌀하고 낮에만 따뜻하거나 더운 계절이 되었습니다. 사실 봄이 어땠는지 정확히 기억이 안 나고, 싱그러웠고 활기찼다는 느낌만 남아 있으니 정확하지 않네요. 5월은 각종 대소사가 많은 달입니다. 제 생일이 있는 달이기도 해요. 어쨌든 5월은 생각만으로도 기분이 씩 좋아지네요.

최근에 꽤 오래 알고 지낸 분께서 성산동에 카페를 오픈했습니다. 이분은 저랑 비슷한 점이 많습니다. 아독방과 함께 이벤트를 한 적도 있는데 손재주가 좋아서 목공을 하고 직접 쿠키나 호두정과도 만들곤 하셨죠. (손재주가 닮았다는 건 아닙니다.) 그래서 나무 코스터나 고양이 모양 금속 키링 증정 행사도 같이 진행했어요. 한 1년여 소식을 못 들어서 이상하다 생각했는데, 세상에! SNS를 닫고 소위 '잠수'를 타신 거예요. 그러다가 다시 연락이 닿았는데 그간 회사를 다니셨다고 해요. 오라는 데가 있으니 다행인 건데 지금은 그만두셨어요. 그 뒤 카페를 여셨고요. 어제 처음 가봤는데 주택가에 위치해서 조용하고 정갈한 느낌이 나는 곳이라 아지트로 삼고 싶었답니다. 가만히 보니 카페는 형식상 '사무실' 개념이고 그 안에서 여러 가지를 하실 모양새예요. 유기묘에 관심이 있으셔서 카페 내에도 임시 보호 중인 고양이들의 사진과 연락처가

붙어 있었습니다. 혼자서 일을 만들어서 진행하고 보람을 느끼실 예정으로 보입니다.

과감하게 다른 일을 시작하신 그분을 보면서 제가 종종 고민하던 문제가 떠올랐습니다. '과연 나는 '약사'라는 직업을 그만두면 뭘 할 수 있을까?' 석극적으로 그만두지는 않겠지만 이 직업이 나를 대변할 수 있는지 궁금해요. 나는 약사가 아니면 의미가 없는 것인가? 거의 20년을 이 직업으로 살았는데 다른 일을 할 수 있을까요? 저에겐 이 직업 때문에 생긴 선입견이 있습니다. 저 사람은 약사니까 안정적으로 책방을 할 수 있는 거라는 게 대표적이죠. 그런데 아쉽게도 단순히 '취미 삼아' 책방을 하기에는 제가 책방에 투입하는 시간과 노력이 너무 크네요.

보통 이런 상황이라면 이런 조언이 돌아오죠. "그럼 네가 진짜로 하고 싶거나 좋아하는 일을 해봐!" 만국 공통어입니다. 그런데 내가 진짜로 하고 싶거나 좋아하는 걸 하면 밥은 어찌 먹고사나요. 저 말은 용기를 주는 말이긴 하지만 자신의 일이 아니니 할 수 있는 말이기도 합니다. 대부분 좋아하는 건 취미로만 갖기 마련인데, 그렇다면 그걸 발전시켜서 즐겁게 일을 할 수 있다는 이상적인 테크트리를 생각해볼 수 있습니다. 그런데

박 훌륭

226

취미란 걸 발전시켜서 즐겁게 할 수 있는 '업'으로 만들려면
생각보다 오랜 시간과 노력이 필요합니다. 일례로 제가
춤을 좋아하지만 프로 댄서로 살 수 있을까요? 공연 다니고
CF를 찍으려면 얼마나 노력해야 할까요. 아마 이번 생에는
불가능할 거예요.

그러면 이런 취미들을 '어릴 때'부터 '꾸준히' '즐겁게'
'오랜 시간' 발전시켜야 한다는 결론에 도달하게 돼요.
그럼 그 취미도 지금 가진 업과 동등한 스트레스와 갈등을
갖게 되진 않을까요. 어릴 때 바이올린과 피아노를 배워
'아! 이건 내가 정말 좋아하는 직업이 될 수 있겠다'라고
생각하는 아이가 얼마나 될까요? 보통은 주변 어른들의
권유로 업으로 발전하는 경우가 많죠. 어릴 적 좋아하던
걸 즐거운 업으로 발전시키는 경우는 정말 드문 경우
같습니다. 자라면서 취향도 변하니까요.

저도 N잡러로 불리고, 지금은 N잡러의 시대라고 합니다.
그런데 메인 직업 없이 다섯 가지 일을 한다고 가정하면
불안함도 커질 것 같습니다. 하나가 없어져도 네 가지
직업이 남지만 알고 보면 그 일들 역시 없어진 한 가지 일과
동일한 리스크에 노출되어 있다는 걸 계산해야 한다는
거죠. 왜냐하면 다섯 가지로 나눠서 일할 수 있다는 건

그만큼 다른 사람들도 할 수 있는 일이라는 거니까요.
대체자가 존재하는 일이란 레드오션일 수밖에 없습니다.

오해하실까 봐 드리는 말인데 저는 N잡러에 긍정적인
입장입니다. 다양한 일에서 나를 보여주고 즐겁게 일하는
깃에 찬성해요. 하지만 이 나이가 되어서 가만히 생각해볼
때, 이건 경제적인 자유를 얻기 위한 일의 패턴은 아니라는
판단이에요. 지금은 너무나 극명한 자본주의 시대라 노동력
자체도 상품으로 보잖아요. 그래서 N잡러를 꿈꾸는 건
조심스레 접근해야 합니다. 한 가지 일에 전문성이 생겼을
때 하나씩 다른 직업으로 뻗어나가는 게 안정적이라고
생각해요. 처음부터 '나는 N잡러가 될 거야' 하며 각종 일에
손을 대는 건 위험해 보여요. N잡러로 성공한 사람들이
이룬 것만 보지 말고 어떤 과정으로 거기에 도달했는지를
함께 살펴봐야 해요. 쓰다 보니 저에게 하고 싶은 말과 글이
되었네요.

헬렌 레이저의 『밀레니얼은 왜 가난한가』를 보면 우리가
사는 시대의 자본주의가 어떤 건지 쉽고 재미있게 만날
수 있습니다. 그리고 왜 어른이 되면 '라떼'를 이야기할
수밖에 없고 아래 세대는 그 말을 싫어하는지도요. 오직
나만이 나를 정확히 알 수 있다는 확신도 들어요. 세상이

자꾸 변하는데 그 시절의 이야기를 똑같이 적용하는 건 실례이자 실패의 지름길일 겁니다. 우리는 넓은 시야를 가져야 합니다. 가장 가까운 부모님들마저도 지금 이 시대의 흐름은 알기 힘듭니다. 그러니 자녀에게 적확한 조언을 하기 힘들죠. 그래서 N잡러를 꿈꾼다면 지금이 어느 시대인지 이해하고 자신에게 잘 맞게 적용할 수 있어야 합니다. '나 자신을 알라'는 말이 시대와 세대를 관통하는 조언임을 나이 들면서 더욱 느끼는 요즘이에요.

최근에 『삶에서 가장 중요한 것들은 고릴라에게서 배웠다』를 읽었는데요. 이 책을 읽으며 한 가지 분야에 몰두하는 것과 나 자신을 알아가는 과정은 비슷한 결이 아닐까 하는 생각을 했습니다. 책을 쓴 야마기와 주이치 교수는 정말 대단한 사람입니다. 수십 년을 아프리카 고릴라를 관찰하고 조사하며 함께 지낸 것도 그렇지만 고릴라를 이용해서 주변의 사람들과 심지어 동식물을 보며 나 자신을 알아가라고 조언하는 걸 보면 한 분야에 집중했을 때 또 다른 너른 시야가 생긴다는 걸 간접적으로 알 수 있게 도와줬습니다. 주이치 교수는 친한 친구를 사귀는 가장 좋은 방법은 함께 식사하는 것이라 생각한다고 하더라고요. 선아 님, 언제 한번 식사하시죠. 이 일에 대한 고민, 일의 본질에 대한 고민을 함께 나누어주세요.

참, 선아 님도 N잡러이시잖아요. 선아 님이 생각하는
N잡러란 무엇인지 또 많은 일 사이에서 어떻게 균형을
잡아가는지 궁금하네요. 다음 편지를 목을 내놓고
기다리겠습니다.

박
훌륭

"인간은 자신을 정의하지 못한다.

스스로 자신의 얼굴을 볼 수 없듯이,

무언가 하고 있는 자신을 밖에서 바라볼 수는 없다.

그런 자신을 보고 있는 것은 언제나 타인이다.

(…) 즉 자신은 타인에 의해서만 정의할 수 있다는 것이다."

_『삶에서 가장 중요한 것들은 고릴라에게서 배웠다』, 마르코폴로, 221쪽

33th Letter

구
선아

자기실현의 일과

직업 안에서의

노동

편지가 늦었습니다. 정말 목 놓아 아니 목을 내놓고
기다리셨는지 확인하고 싶지만 확인할 방법은 없네요.
(웃음) 편지를 받고 쓰기까지 노동으로서의 일이 많았어요.
앞선 편지에서 좋아하는 일로 돈을 버는 게 최고의
돈벌이라고 했는데. 좋아하는 일이 돈벌이가 되는 순간
노동이 되기도 하니까요. 아니 좋아하는 일을 계속하기
위해 노동을 함께하는지도 모르겠습니다. 책방은
아시다시피 노동이 큽니다. 무거운 책 상자를 나르고 뜯고
치우고 행사 때마다 책상과 의자와 여러 물품을 옮기고
정리해야 합니다. 육체 노동이 클 뿐만 아니라 예상치 못한
사람이나 상황을 마주하는 정신적 노동, 무언가를 기획하고
운영하는 지식 노동도 크죠. 신간이 나올 때마다 책을 사고
좋아하는 작가를 책방에 초청하고 누군가 반짝이는 눈으로
책을 고르는 것을 보면 즐겁지만, 저 많은 노동만큼이나
돈을 버는지는 모르겠습니다.

글쓰기도 마찬가지예요. 자기실현을 위한 글쓰기와 직업
작가로서의 글쓰기가 있을 테죠. 자기실현을 위한 글쓰기는
아무도 청탁하지 않고 어딘가와 계약하지 않고 공개될 수
있을지 없을지도 모를 글쓰기입니다. 공개하지 않은 몇 편의
단편소설 습작 같은 것들요. 여기엔 전혀 노동이 들어가
있지 않죠. 즐거워서 하는 일이니까요. 직업 작가로서의

글쓰기는 청탁받은 연재나 외주 글쓰기 작업입니다.
물론 신문 연재나 잡지에 새로운 주제로 글을 쓸 때도
즐겁습니다. 자료를 찾고 새 생각을 하고 고민하다 쓰는
글쓰기 과정 자체가 전 재밌거든요.

구
선아

하지만 청탁하는 곳에서 나에게 정탁한 이유가 분명히
있습니다. 편집 가이드도 있고요. 독자도 다릅니다. 이를
생각하고 마감 내 글을 써야 한다는 것이 매우 다르죠.
그리고 사실 외주 글쓰기 작업은 노동에 가깝습니다. 열
개의 일 중 여덟 개의 일은 지난하거든요. 가끔 곤죽이
되어버릴 정도로요. 특히 노동의 일에선 두 가지가
어렵습니다. 첫 번째는 결정권을 가진 자가 있는 조직과
일을 할 때 가장 어렵습니다. 한 사람의 지나치듯 내뱉는
한 마디에 여러 사람이 공들인 글쓰기 결과물이 달라져야
하니까요. 또 가끔은 내가 나를 증명하려고 애써야 하는
일이 발생합니다. 학력이든 경력이든 결과물이든요. 두
번째는 실수가 실수로 끝나지 않는다는 겁니다. 실패는
없다, 경험만이 있다, 이런 말도 하지만 직업 작가로서
실수하면 많은 사람이 함께 실수를 견뎌내야 한다는
겁니다. 또 다른 노동으로 수습해야 하는 거죠.

저는 N잡러일까요? 책방을 운영하고 글을 쓰고 강의도

하고 종종 외주 프로젝트도 기획하니, N잡러처럼 보입니다.
그런데 전 N잡러라고 생각하지 않아요. 단지 읽고 쓰는
일을 조금 더 확장했을 뿐, 읽고 쓰고 나누는 일 안에 제
일은 모두 들어 있습니다. 공부까지도요. 이젠 읽고 쓰는
일이 저의 정체성이 되었고 대부분의 시간을 할애하는
생활이 되었어요. 하나의 점에서 수 개의 점으로 선이
이어졌다고 해야 할까요? 아님 여러 개의 점이 하나의
점으로 모여든다고 해야 할까요.

조직 안에서 전 지식과 정보를 제공하고 창작하는
노동자였습니다. 노동력을 제공할 때는 내 노동과
자기실현을 통해 만들어낸 생산물에서 전 소외되어
있었습니다. 다른 노동자들과 끊임없이 경쟁해야 했고요.
그래서 전 대기업 명함을 버리고 내가 나를 고용하여 노동의
과정과 결과를 통제할 수 있는 조직 밖으로 나온 거죠.

『밀레니얼은 왜 가난한가』를 읽는 중인데요. 거침없이
말하듯 쓴 글이라 그런지 마르크스나 자본주의에 관한
어쩌면 진지한 주제들이 쉽게 읽히네요. 일부 공감되는
내용이 있습니다. 우리가 모두 느끼는 자본주의 사회에선
나의 노동력보다 다른 노동력이 더 양질이거나 이윤이
된다면 나는 대체될 거라는 것, 생산양식이나 과정은

바뀌지 않을 거라는 것, 이에 어떤 사람은 두려움이 '생산성을 촉진한다'라고 주장한다 같은 내용이요. 자본주의 체제 내에서 노동력 불량은 빈곤과 연결되고 빈곤은 내일을 계획할 수 없다는 불확실성보다 소비자의 삶을 살 수 없다는 결과 때문에 더 끔찍하게 느껴지기도 하니까요. 이는 지그문트 바우만의 『왜 우리는 불평등을 감수하는가?』에서 조금 더 거시적으로 생각해볼 수 있습니다. 책에서 대니얼 돌링의 연구를 들어 '부정의의 교의'를 말합니다. 부정의의 교의란 '네가 가난한 것은 네가 노력하지 않았기 때문이야' 같은 말들입니다. 사회에서 확언에 가깝게 명시된 말들과 암묵적 전제들이죠.

전 불안함이나 결핍이 저의 생산성을 촉진하게 하는 사람입니다. 예전엔 두려운 일이 생기면 잠이나 여행으로 도망갔다면 요즘은 더 생산력을 높이기 위해 읽거나 쓰거나 공부합니다. 이미 부정의의 교의가 내재화되었기 때문인지도 모르고, 조직에서 빠져나와 진짜 자본주의 세계에 던져졌기 때문일지도 모릅니다. 그리고 '적게 일하고 돈 많이 버세요' 같은 말이 가능한 걸까? 의문이 듭니다. 훌륭 님이 말씀하신 '일하지 않고 일하고 싶다'는 돈벌이를 위한 노동이 아닌 좋아하는 일로 돈을 벌고 싶다는 말로 여겨지지만요. 엄마가 된 여성이 일하려면 또 다른 여성의 희생이 필요하다는 말이 있죠. 이것도 마찬가지 아닐까요.
누군가 적게 일하고 돈을 많이 번다면 누군가 대신 원치
않는 노동을 하는 것이겠죠.

아마 앞으로도 세상은 자본주의에서 벗어나지 않을 겁니다.
그러니 저를 포함한 많은 사람이 자기실현과 돈벌이를
위한 노동 사이에서 계속 고민할 테죠. 자기실현을 위해
정서적 빈곤이나 물질적 빈곤을 택하고 이윤을 저버릴
수 없기 때문에요. 물론 자기실현을 통해 돈을 많이 버는
사람도 있습니다. 그렇다고 이들의 일에 노동이 없을까요?
자기실현을 위한 일에도 노동은 뒤따릅니다. 사실 책을
읽는 일도 노동이라고 여겨질 때가 있거든요.

전 깨어 있는 시간을 어떻게 보내느냐에 따라 삶이
달라진다는 걸 믿습니다. 돈을 어떻게 벌고 시간을 어떻게
쓰는지가 나를 규정한다고 생각하고요. 자신을 위한
일이든 돈벌이를 위한 노동이든 모든 게 나의 정체성이란
거죠. 그래서 노동의 일이라도 해나갈 수 있는 것 같아요.
가끔은 그 안에서 재미도 찾고요. 쓰다 보니 저 역시 일에
대한 고민이 생겨납니다. 그럼 다음 편지에 만나요. 고민을
이야기하다 보면 밤을 새울지도 모릅니다.

박
훌륭

정상적인 아픈 사람들

**구
선아**

그간 평안하셨는지요? 오랜만에 감기에 걸렸어요.
장염을 겪은 후 면역력이 떨어졌을 때 정확하게 찾아온
감기입니다. 이번 감기는 목이 주로 아프고 뒤끝에는
콧물이 나네요. 겉으로 보기엔 꽤 멀쩡해 보여 아프다고
말하기가 애매합니다. 그 정도는 다 달고 사는 아픔이라고
한 소리 들을 것 같아서요. 근 1~2년 만에 상염과 심기를
함께 겪어보니 겉으로 보면 정상인데 속이 곪아가고 있는
아픔에 대해 다시금 생각하게 되었어요. 오늘은 제 시야를
넓혀준 책을 소개해드리려고 해요. 『아주 정상적인 아픈
사람들』입니다.

선아 님은 가수 김광석의 노래 '일어나'를 아시나요?
도입부 가사에 주목해보세요. 어떤 이들은 이 노래가
희망을 노래하는 거라고 이야기하지만, 『아주 정상적인 아픈
사람들』의 저자 중 한 사람인 폴 김 목사는 다른 해석을
합니다. '검은 밤'으로 시작하는 이 가사는 헤어나올 수 없는
절망을 노래하고 있다는 거죠. 더욱이 '일어나, 일어나 다시
한번 해보는 거야'는 "마치 성경책을 펼치려던 한 우울증
환자의 고백과 같다"고 이야기해요. 왜 이렇게 상반된 평이
나올 수 있는 걸까요? 책에서 답을 찾을 수 있습니다.

요즘엔 다양한 경로를 통해서 우울증과 같은 정신질환을

양지로 드러내려는 노력을 많이 하죠. 정신질환을 고백하고 글을 쓰며 자기 치유를 하는 작가들도 많아졌고요. 정신질환은 겉으로는 정상적인 사람들이 많습니다. 속앓이를 하는 거죠. 병원이나 약국에서는 간을 침묵의 장기라 칭하고 견디다 견디다 정말 힘들 때 증상이 터져 나온다고 이야기하는데요. 저는 간을 정신질환으로 대체하고 싶습니다. 현대에는 건강 검진율이 아주 높아서 간이 좋은지 안 좋은지 빠르게 알 수 있고 일반인들도 '간은 침묵의 장기이니 항상 조심해야 한다'라는 명제를 너무 잘 알고 있어요. 하지만 정신질환은 아직도 침묵하는 경향이 있죠.

우울증을 비롯한 정신질환은 의외로 착한 사람들이 많이 걸리곤 해요. 겉으로 드러내지 않고 상대방을 배려한다고 혹은 나만 그러려니 하면 모두가 괜찮아진다는 생각을 하며 인내하죠. 이 책에서는 이렇게도 말합니다. 악한 사람들은 순수한 사람들에게 그 스트레스를 다 떠넘겨 병들게 하고 자신들은 정신질환에 걸리지 않고 살아남는다고요. 그러면 우리는 일차적으로 이런 '정상적인 아픈 사람들'이 그 아픔을 인지하고 이겨낼 수 있도록 도와주어야 합니다. 더불어 우리도 병들지 않는지 스스로를 돌아봐야겠지요.

놀랍게도 이 과정에서 저는 한 가지를 놓치고 있었습니다.
세상엔 빛이 있으면 어둠이 있고 교보문고가 있으면
아독방이 있듯이 반대편에 무언가가 있다는 것을요. 우리는
마음의 질병이 있는 사람을 도와주려고 할 때 위와 같이
'그 사람'에 초점을 맞춥니다. 그 사람과 함께 있어주고
그 사람을 즐겁게 해주며 어두운 터널을 시나갈 수 있도록
애씁니다. 가장 가까운 가족들은 어떨까요? 아마 모두
적극적으로 도움을 줄 거라고 생각하겠지만 아니었습니다.
그 사람의 반대편엔 또 다른 '그 사람'이 있었습니다.

책에서는 '그 사람'이 가진 특징으로 NPD를 소개하며
'무지'에 가려진 질병으로 지목합니다. NPD(narcissistic
personality disorder)는 자기애성 인격 장애를 뜻합니다.
자기가 경험하고 알고 있는 것 이외에는 받아들이질 않고
자신에 대한 과장된 평가와 타인에 대한 공감 능력이
부족한 인격 장애를 말합니다. 무섭고 엄하기만 한
아버지가 이런 유형에 속하지요. 이런 타입은 밖에서는
한없이 올바르고 호탕한 사람으로 보이기 일쑤죠. 따라서
이 가정은 다른 사람들이 보기에 바르고 문제없는 집안으로
여겨집니다. 그러니 아무도 NPD로 인한 나머지 가족들의
괴로움을 알아주지도 알 수도 없습니다.

241

NPD를 가진 사람은 가족뿐 아니라 사회에서도 볼 수 있습니다. 책에서 예를 든 목사님 같은 경우죠. 그는 가족과의 갈등으로 정신적 고통을 겪는 수전에게 "신앙심으로 넉넉히 이길 수 있을 텐데. 믿음이 약해지면 그렇게 돼. 노력을 더 해보지 그래"라는 조언을 합니다. 이 말을 들은 사람은 어떻게 행동할까요? 당연히 내가 잘못한 거구나, 내가 아직 부족하구나, 이런 생각을 하게 되겠죠. 이처럼 NPD의 반대편에 서 있는 사람의 정신질환은 더욱 깊어집니다.

책 내용을 더 소개하면 좋겠지만 선아 님을 비롯해 많은 현대인이 이 책을 읽었으면 하는 바람에서 그만 쓰겠습니다. 중요한 건 거의 모든 사람이 이런 넓은 범주의 정신질환이 있고 다들 정상적으로 보인다는 겁니다.

상대방을 이해한다는 건 어떤 의미일까요? 이해라는 건 사전적 의미로 봤을 때 뭔가를 받아들인다는 겁니다. 하지만 NPD를 이해하고 넘어가야 할까요. 요즘엔 불과 몇 년 전만 해도 모르던 '가스라이팅'이라는 용어가 무엇을 뜻하는지 당연히 알고 이에 대해 한 번 더 생각해보는 듯합니다. NPD도 그런 용어가 되면 좋겠습니다.

이상 정상적인 아픈 사람 올림.

"뇌질환자들은 자신의 질병을 받아들이지 않으며

약물복용이나 치료를 기피한다.

그들이 이 부정의 단계를 지나 자신이 병자라고

인정하는 순간에야 환자는 약이나 치료를 받아들이며,

회복단계로 넘어갈 수 있다."

_『아주 정상적인 아픈 사람들』, 마름모, 156-157쪽

구
선아

타인을 이해한다는 건

불가능한 일

오랜만에 편지를 드립니다. 편지를 주고받는 중 가장 늦게
답신을 드리네요. 이번엔 저에게 책태기가 아닌 글태기가
왔어요. 하염없이 날큰한 날씨 탓이기도 했고 읽고 쓰는
일보다 말하는 일이 많은 몇 주였기도 했습니다. 완전히
극복하진 못했지만 몇 개의 마감이 저의 멱살을 끌어당기며
글태기를 건너가고 있습니다.

얼마 전 본 영화 〈드림〉(2023)에 "이 미친 세상에
미친년으로 살면 그게 정상 아닌가"란 대사가 나옵니다.
가면을 쓰고라도 미치도록 열심히 살아야 하는 세상이라는
의미로 보였어요. 하지만 요즘 그냥 미친 세상처럼 보이는
날이 있지 않나요? 저만 그런 걸까요? 전 아주 오래전에
정신과는 아니고 상담을 받은 적이 있습니다. 마음 치료
센터 같은 곳이었어요. 아마 그곳은 정신과에서 정식
진료받기엔 여러 어려움을 가진 사람을 위한 곳이었던 것
같아요. 당시엔 마음 치료 같은 단어도 잘 쓰지 않던 때였고,
정신과 상담을 받더라도 모두 쉬쉬하던 때였죠. 저 역시
우울감을 느꼈던 때도 불면의 밤을 보낼 때도 있었지만
정신과에 찾아간 적은 없던 때였어요.

정신과나 정신질환 자체에 대한 편견보다 지극히
개인적인 경험에서 연결된 이유 때문인데요. 고등학교 때

상담 선생님께 정신적 어려움을 토로한 적이 있었어요.
당시 친한 친구도 어려움을 겪을 때라 둘이 아주 고민해
찾은 자리였어요. 그런데 성희롱에 가까운 말만 들은
후 옴팡지게 울기만 했던 기억이 나요. 그 후론 침묵과
속앓이로 일관했죠.

정신과 질병은 대체로 무지에 가려진 질병 같습니다.
불안장애나 기분 부전증, 조울증은 조금씩 알려지고
상담이나 치료를 받는 일이 늘었지만, 여전히 정신과
질병은 질병으로 생각하지 않거나 숨기는 일이 많은 것
같아요. 정확한 진단을 받을 기회를 스스로 거부하기도
하고요. NPD 역시 꽤 많은 사람이 앓고 있지만 낯섭니다.
그때 그 상담 선생님도 NPD였을 거로 추측되네요. 저희
아버지 역시 NPD가 아닐까 생각이 들고요. 저 역시 아직도
'정상적인 아픈 사람'일지도 모릅니다. 왜 우린 모두
정상적인 '척'하며 사는 걸까요?

『내 편이 없는 자, 이방인을 위한 사회학』에서 김광기
사회학자는 말합니다. 우리 모두는 이방인이라고요. 익숙한
세계를 떠나거나 낯선 세계에 도착하는 사람을 이방인이라
하죠. 내가 살던 곳에 내가 살던 방식으로 살면 이방인이
되지 않던 시대는 지난 것 같아요. 방랑하지 않아도 손님이

아니어도 내가 속한 세계에서 이방인이 되는 시대니까요.
우리는 모두 전에 없는 팬데믹 시대를 건너오며 이방인이
되는 상황도 겪어봤어요. 친밀한 누군가 기침만 해도
몸을 움츠리고 수시로 손을 씻고 마스크로 얼굴의 반 아니
세상의 반을 가렸죠. 마스크를 벗은 지금까지도 익숙한
얼굴과 낯선 얼굴을 오가고 있으니까요.

그래서 사람들은 더욱 정상적인 사람이 되려고 애쓰고
나와 다른 사람을 비정상이라며 경계하며 타자화하는지도
모르겠어요. 요즘 보면 모두가 읽는 책을 읽고 모두가 사는
물건을 사고 모두가 가는 여행지를 가며 나도 일반성을
가진 보통의 사람이란 걸 증명하는 데, 온통 시간과 돈을
쓰는 것처럼 보여요. 상처 입은 자신일지라도 타인의 눈엔
정상적으로 보이고 싶은 욕망인 걸까요?

"인간은 일반성에 몸을 맡긴 이상 편안해진다. 그
일반성 뒤에 숨을 때 인간은 편안함을 느끼고 안전감을
갖는다"라고 사회학자는 말해요. 이 일반성 때문에 사회의
기본 질서나 도덕 규범이 지켜지기도 하지만 사실 이
일반성은 진짜 일반성도 아니고 시간이나 장소, 집단이나
사회가 변하면 일반성이 아니라 비일반 혹은 비정상으로
보일지도 모를 것들입니다. 셀 수 없이 많은 구멍을 가진

그물이죠. 내가 이 일반성에서 벗어난 말을 하고 다른
행동을 하면 불편한 상황이 생겨요. 불편한 상황을 최대한
만들지 않기 위해 일반성 뒤에 숨어 정상적인 사람인 척
행동하는 거죠. 네가 뭔데 그런 말을 하냐는 눈초리부터
때론 정서적 물리적으로 진짜 공격을 받기도 하니까요.
ㅏ외 디ㅡ다고 비일반, 비정상이라고 단정 짓는 게 사실 전
이해가 되지 않아요. 하긴 제가 어떻게 타인을 이해할 수
있을까요. 타인을 이해한다는 게 가능한 일이긴 한 걸까요?

훌륭 님과 지난 일 년간 편지를 주고받고 편지 사이와 사이
메시지를 주고받고 같이 밥을 먹고 차를 마셨죠. 저로서는
꽤 특별한 일입니다. 이렇게 만나고 연락하는 사람이 무척
드물거든요. 그렇다면 제가 훌륭 님에 관해 잘 알까요? 잘
이해한다고 할 수 있을까요? 우리가 함께 글을 쓰고 나누고
간혹 제가 훌륭 님에 관해 이해한 척 글을 쓰더라도 내가
본 그 사람일 뿐이지 글이 그 사람은 아니니까요. 이해의
넓이와 깊이와 방향도 내 식대로 편집하는 거죠.

그래서 전 이제 어디서 어떤 사람을 만나든 이해하기보다
"그렇구나, 그럴 수도 있지"라고 생각하려 애써요. 그게
가족일지라도요. 어쩌면 이게 나를 지키는 인인 것 같기도
해요. 누군가가 나를 미워해도 "그렇구나, 그럴 수도 있지"

누가 이해하지 않는 행동을 해도 "그렇구나, 그럴 수도 있지" 살피는 정도죠. 단, 그 사람은 왜 그랬을까? 질문은 해보려고 노력해요. 이해한다고 용서하거나 다시 가까이 지낸다는 건 아니에요. 어떤 이유나 상황이 있지 않을까 살피는 정도죠. 혹시 내가 나를 이해하지 못하는 상황이 생기면? 그때도 "그렇구나, 그럴 수도 있지" 해요. 될지는 모르겠어요. 많은 타인이 나를 이해하지 못하거나 비난할 때 "그냥 이게 나야" 할 수 있을는지.

날로달로 비정상적인 사람이 많아지는 것처럼 보이는 건 왜일까요? 우리의 무지 때문에 몰랐던 걸까요, 아니면 정말 어떤 이유로 많아진 걸까요. 정말 미친 세상이라 미친 사람이 많아지는 걸까요? 비정상적이라는 건 상처 입은 것에서 회복되지 않은 것인지도 모르겠어요. 우리, 정상적이지 않아도 행복하게 살아요. 무엇이 행복인지는 모두 다르겠지만요.

우리 모두 회복되길 바라며.

박
훌륭

회복은

행복을 가져온다

36th Letter

선아 님 무탈하신가요?

무려 1년간 편지를 주고받다 보니 할 말, 못 할 말 많이
했는데 '무탈'하느냐는 인사를 한 적이 있었나 모르겠네요.
지인들에게 안부를 물을 때 가장 많이 쓰는 말이
'무탈한가요?'인데 이건 저도 무탈했으면 하는 마음이
투영된 인사라고 할 수 있습니다. 이 말을 쓰기 시작하면서
'행복하세요'는 어쩐지 행복하려고 뭔가를 해야 할 것 같은
부담 때문에, '좋은 하루 보내세요'도 마찬가지 맥락으로
즐겨 쓰지 않게 되었어요. 행복하고 좋은 하루를 보내기
위해 '뭔가'를 해야 한다는 부담감, 뿌듯함을 느끼고
보람 있어야 한다는 압박감. 이 모든 감정이 정작 행복을
방해하는 기분이에요.

그에 반해 '무탈'이라는 말은 나를 향한 외부 침략이
없는 상태, 내 그대로의 모습을 보존하는 말로 느껴지고
의미도 그러해 좋아하는 단어가 되었습니다. 그럴
때라야만 안정적으로 창의력, 주도권, 결정권, 추진력 등이
생기거든요. 외세 침략을 싫어하는 I 성향이랄까요?

무탈을 이야기하다 보니 회복에 관한 이야기를 안 할 수가
없네요. 느끼셨겠지만 저는 '회복'을 자연스럽게 하는

걸 좋아합니다. 축 처진 어깨를 올려보겠다고 어색하게
옷걸이를 집어넣는 행위는 저랑 안 맞아요. 오히려 더
피곤해지는 경향이 있습니다. 자연스럽게 회복을 기다리다
보니 오랜 기간 회복이 안 되기도 해요. 제가 메시지로
선아 님께 이야기한 적이 있는데 최근에도 그런 일을
겪었습니다. 누구나 이유 없이 다 내려놓는 때가 있잖아요.
저도 그랬습니다. 근 한두 달 정도, 푹 꺼진 소파마냥 전혀
기운이 차지 않았어요. 꺼진 소파에 들어가서 나올 생각을
안 했어요. 하지만 그런 소파라도 제 기능을 하긴 하죠.
오히려 그런 공간을 더 편안하게 생각하는 사람도 있기
마련이고요. 푹 꺼진 소파를 다시 올리기 위해 리폼하는
등 적극적인 대책을 세우지 않고 그대로 받아들이는 거죠.
저희 책방 손님들도 그렇습니다. 제가 하루에 한 개씩은 꼭
올리던 게시글을 일주일에 한 번씩 올리고 있는데도 별말씀
없었어요. 제가 약간 힘에 부쳐서 천천히 해나가겠다고
했을 때 다들 그러자고만 반응했죠.

보시다시피 저는 회복 탄력성이 거의 없다고 보면 됩니다.
가만, 그런데 이 회복 탄력성이라는 말은 대체 어디서 나온
걸까요? 회복 탄력성은 사회심리학 용어입니다. 코너와
데이비슨이 만든 회복탄력성 척도 Connor-Davidson Resilience
*Scale: CD-RISC*라는 걸 통해 측정하는데요. 주로 내적 강인함,

구
선아

인내력, 낙관성, 환경에 대한 통제력인 통제감, 영적
영향력에 대한 믿음인 영성의 다섯 가지 항목에서 점수를
매겨 합산해 총점을 냅니다. 참고로 미국에 사는 일반적인
사람의 평균 점수는 80.7점이라고 합니다.

테스트를 정식으로 해보진 않았지만 다섯 가지 식으로
봐도 상당한 점수로 꼴찌에 근접할 것 같은 느낌이 드네요.
여하튼 이 회복 탄력성이란 말은 듣기만 해도 "아, 이건
얼마나 잘 회복하는지를 나타내는 거구나"라는 생각이
단박에 듭니다. 이게 바로 우리가 쓰는 언어의 장점이기도
할 텐데요. 정지은 교수가 쓴 『말』에 보면 몸짓주의자인
프랑스의 철학자 메를로퐁티의 적절한 설명이 나옵니다.

> "언어적 몸짓은 각자에게 주어져 있지 않은 정신적
> 풍경을 겨냥하며, 정확히 정신적 풍경을 소통하는
> 기능을 가진다. 그러나 자연이 주지 않은 것, 그것을
> 언어 안에서는 문화가 제공한다. 사용할 수 있게
> 배치된 의미 작용들, 다시 말해 앞선 표현 행위들은
> 말하는 주체들 사이에 어떤 공통의 세계를 세우며,
> 현행적이고 새로운 말은 몸짓이 감각적 세계를
> 참조하듯 그 공통의 세계를 참조한다."

『말』, 은행나무, 76쪽

회복 탄력성 같은 말이 널리 알려진 것을 보며 우리 모두가
회복에 관심이 많다는 걸 알 수 있습니다. 회복 탄력성을
높이기 위해 애쓰고 있다는 것도요. 이는 합성어가 우리
문화 속에 정착해 이젠 공통의 세계가 생긴 거라고 할 수
있겠네요. 무언가를 꾸준히 하기 위해서는 구체적인 언어적
몸짓을 실성해야 한다는 말과도 이어질 수 있죠.

제가 무탈이라는 단어에 초점을 맞추는 것도 이런
맥락입니다. "무탈하세요. 저는 무탈합니다"라고 여러
사람과 자주 주고받는다면, 작지만 제가 속한 어떤 모둠
안에서 하나의 언어이자 목표가 되고 궁극적으론 그
말이 이루어질 수 있다는 믿음이 생겨요. 그러기 위해선
각자가 읽고 쓰는 글, 하는 말을 좀 더 소중히 다룰 필요가
있습니다. 내가 속한 모둠들, 가족, 친구, 회사가 좀 더
풍요롭고 행복하기 위해서요. 뭔가를 크게 힘들여 할 필요는
없습니다. 숨 쉬듯 읽고, 밥 먹듯 쓰며, 잠자듯 말하면 되는
거예요.

참, 회복 탄력성 관련해서 재미있는 논문⌘을 하나
발견했습니다. 연구 대상이 소규모이긴 하지만 노인들의

⌘ 「지역사회 노인의 회복력, 사회적 지지, 건강 관련 삶의
질과의 관계」 안지영, 2015

구선아

건강한 삶의 질에 영향을 미치는 요인들을 측정한 건데요.
복지관이나 경로당을 이용하는 만 65세 이상의 노인
220명을 대상으로 했습니다. 회복 탄력성 평균 점수는
74.9점으로 미국 일반인 평균 점수인 80.7점보다는 낮았고
1차 의료기관 이용자(71.8점), 정신과 외래 환자(68.0점),
범불안장애 환자(62.4점), 외상후스트레스 증후군 환자
(47.8점)의 점수보다 높았습니다. 그런데 의외로 회복
탄력성이 독보적인 영향을 주진 않았습니다. 성별, 연령,
질병 유무와 지각된 사회 활동 등이 비슷한 영향을
주었고요. 그럼 여기서 우리가 그나마 관여할 수 있는 질병
유무와 사회 활동에 초점을 맞추면되지 않을까요?
그냥 편안하게 할 수 있을 만큼만 하도록 해요.

우리, 무탈합시다.

이 책에서
소개한 책들

* 가볍게 언급하고 넘어간 책들은 제외하였습니다.

『극해』 임성순 지음, 은행나무, 2014

『기후변화 시대의 사랑』 김기창 지음, 민음사, 2021

『김영민의 공부론』 김영민 지음, 샘터, 2010

『나는 왜 쓰는가』 조지 오웰 지음, 이한중 옮김, 한겨레출판, 2010

『나는 태어났다』 조르주 페렉 지음, 윤석헌 옮김, 레모, 2021

『내 편이 없는 자, 이방인을 위한 사회학』 김광기 지음, 김영사, 2022

『내가 늙어버린 여름』 이자벨 드 쿠르티브롱 지음, 양영란 옮김, 김영사, 2021

『독경』 공자·주희 지음, 장밍런 엮음, 김명환·김동건 옮김, 글항아리, 2023

『말』 정지은 지음, 은행나무, 2023

『말을 부수는 말』 이라영 지음, 한겨레출판, 2022

『맛의 배신』 유진규 지음, 바틀비, 2018

『밀레니얼은 왜 가난한가』 헬렌 레이저 지음, 강은지 옮김, 아날로그, 2020

『밤은 부드러워라』 F. 스콧 피츠제럴드 지음, 정영목 옮김, 문학동네, 2018

『붓다』 데즈카 오사무 지음, 학산문화사, 2015

『브람스를 좋아하세요…』 프랑수아즈 사강 지음, 김남주 옮김, 민음사, 2008

『산책자』 로베르트 발저 지음, 배수아 옮김, 한겨레출판, 2017

『삶에서 가장 중요한 것들은 고릴라에게서 배웠다』 야마기와 주이치 지음, 이은주 옮김, 마르코폴로, 2022

『소설의 기술』 밀란 쿤데라 지음, 권오룡 옮김, 민음사, 2013

『신곡』 단테 알리기에로 지음, 윌리엄 블레이크 그림, 박상진 옮김, 민음사, 2013

『신세계에서 1,2』 기시 유스케 지음, 이선희 옮김, 해냄, 2002

『싯다르타』 헤르만 헤세 지음, 박병덕 옮김, 민음사, 2002

『아주 정상적인 아픈 사람들』 폴 김·김민종 지음, 미디, 2022

『양육가설』 주디스 리치 해리스 지음, 최수근 옮김, 이김, 2022

『어느 날 마음속에 나무를 심었다』 권남희 지음, 홍승연 그림, 이봄, 2022

『어린이라는 세계』 김수영 지음, 사계절, 2020

『어쩌면 당신의 가방은 무거워질 수 있겠지만』 노플라블럼 지음, 노플라블럼, 2020

『오늘 어린이가 내게 물었다』 김소형 지음, 북노마드, 2022

『와비사비 : 그저 여기에』 레너드 코렌 지음, 박정훈 옮김, 안그라픽스, 2019

『왜 우리는 불평등을 감수하는가?』 지그문트 바우만 지음, 안규남 옮김, 동녘, 2019

『우리는 모두 조금은 이상한 것을 믿는다』 니콜라 고브리트 외 지음, 한국 스캡틱 편집부 엮음, 바다출판사, 2022

『위대한 개츠비』 F. 스콧 피츠제럴드 지음, 김욱동 옮김, 민음사, 2003

『유튜브는 책을 집어삼킬 것인가』 김성우·엄기호 지음, 따비, 2020

『인생의 베일』 윌리엄 서머싯 몸 지음, 황소연 옮김, 민음사, 2007

『인생의 역사』 신형철 지음, 난다, 2022

『읽는 인간 리터러시를 경험하라』 조병영 지음, 쌤앤파커스, 2021

『작별들 순간들』 배수아 지음, 문학동네, 2023

『적당히 건강하라』 나고 나오키 지음, 김용해 옮김, 공존, 2018

『정확한 사랑의 실험』 신형철 지음, 마음산책, 2014

『지극히 적게』 도미니크 로로 지음, 이주영 옮김, 북폴리오, 2013

『지루함의 심리학』 제임스 댄커트, 존 D. 이스트우드 지음, 최이현 옮김, 비잉, 2022

『지옥』 가스파르 코에닉 지음, 박효은 옮김, 시프, 2022

『첫사랑』 이반 투르게네프 지음, 김학수 옮김, 동서문화사, 2016

『친애하는 나의 집에게』 하재영 지음, 라이프앤페이지, 2020

『팻』 실비아 타라 지음, 이충호 옮김, 문학동네, 2019

『혹시 MBTI가 어떻게 되세요?』 정대건 외 지음, 인다, 2022

이 책을 마무리하는 동안 커다란 상실을 경험했습니다.
아버지는 저에게 '글' 같은 분이었습니다. 문어체 같은
느낌이랄까요. 꼼꼼하고 진중하며 변화에 휘둘리지 않고
풍파를 맨몸으로 받아내는 분이었죠. 이미 새싱나구나
부모님이 가진 성향 중 '저 부분은 닮지 말아야지'라고
생각하는 부분이 있을 겁니다. 저 역시도 그랬고 건조한
모습은 닮지 말아야겠다고 생각했습니다. 그런데 나이를
먹을수록 유전자의 성향은 어쩔 수 없더군요. 정신 차리고
돌아보면 제가 똑같이 하고 있었으니까요. 그걸 깨달은 이후,
전 항상 즐겁고 재미있게 살기 위해 노력했습니다. 마치 격조
있는 무언가는 재미 없다는 전제를 한 것처럼요.

편지라는 형식을 빌려 구선아 작가와 주고받은 글들은
늘 재미있었습니다. 편지라는 길, 이젠 기억도 안 나는
연애편지나 어버이날 쓰던 효도편지 이후에 처음 써봤어요.
생각나는 대로 그때의 상황과 안부 등을 섞어 쓰다 보니 마치
대문호들 간의 사적인 편지처럼 후대의 사람들에게 남기는
기분도 들었습니다. 거기에 책과 책방 이야기도 함께하니 더할
나위 없이 즐거웠어요.

책으로 엮으며 결에 맞지 않는 부분은 덜어내고 새로 쓴

부분도 있습니다. 여전히 재미있는 경험들이었어요. 이 책이야말로 아주 작은 단위의 시간 속에서 내가 했던 규칙적이고 성실한 행위들의 집합입니다. 매우 단단하지는 않지만 모났으면 돼은 생기요 많은 부분도 있습니다. 낱낱의 생각과 행동이 글이 되고 그것이 모여 책이 된 거죠. 아마도 저희 아버지라는 책도 제가 모르던 하루하루의 글들이 모여서 만들어진 책일 겁니다. 실패하고 성공하고 슬퍼하고 기뻐하며 만들어진 책.

책은 그런 것입니다. 그 책을 쓴 사람의 과거이자 현재입니다. 더불어 한 발만 더 내디디면 미래까지 생각해볼 수 있지요. 읽는 데 오래 걸리고 무겁기까지 해서 책이 설 자리가 급격히 줄어드는 시대입니다. 핸드폰을 보지 않고 서로 진솔한 이야기를 나누는 시간이 점점 줄어들고 있지요. 하지만 아직은 괜찮습니다. 책이 존재하니까요. 책을 통해 파생할 생각과 행위들이 아직 많으니까요.

여정을 함께한 구선아 작가와 그래도봄 출판사 편집부에 감사 인사를 전합니다. 그리고 아버지께 사랑을 전합니다.

박훌륭 씀

책 읽다 절교할 뻔

ⓒ 구선아, 박훌륭

초판 1쇄 발행 2024년 7월 30일
초판 2쇄 발행 2024년 9월 30일

지은이 구선아, 박훌륭
펴낸이 오혜영
교정교열 김단희
디자인 온마이페이퍼
마케팅 한정원

펴낸곳 그래도봄
출판등록 제2021-000137호
주소 04051 서울시 마포구 신촌로2길 19, 316호
전화 070-8691-0072 **팩스** 02-6442-0875
이메일 book@gbom.kr
홈페이지 www.gbom.kr
블로그 blog.naver.com/graedobom
인스타그램 @graedobom.pub

ISBN 979-11-92410-38-8 03800